徳 間 文 庫

十津川警部
裏切りは鉄路の果てに

西 村 京 太 郎

徳 間 書 店

目次

愛と死　草津《くさつ》温泉

1

最初、十津川《とつがわ》は、自殺だろうと思った。

死んでいるのは、二十九歳の独身の男だった。名前は、浜口功《はまぐちいさお》。R食品のサラリーマンである。

五階の自宅マンションのベランダから、飛び降りたのだ。

昨夜、飛び降りたらしく、朝になって、ベランダの下の草むらの中で死んでいるのが、発見された。

死体は、パジャマ姿だった。午後九時頃に帰宅したのを管理人が見ているから、そのあとパジャマに着がえたのだろう。

502号室のドアには錠がおりていて、警官が中に入ってみると、テーブルの上に遺書と思われる手紙が置かれてあった。

白い封筒の中に入っていた便箋《びんせん》には、ボールペンで次のように書かれていた。

〈私が君を裏切ったのだから、死んでお詫びをしたい。それが、責任の取り方だと思う。

十一月五日　　浜口　功〉

封筒の表に宛名は書かれていないが、遺書には違いないと思われた。

「どうやら、自殺のようですね」

と、亀井《かめい》刑事がいい、それならわれわれの出る幕ではないという気になったとき、十津川は、部屋の中に、妙な匂いがしているのに気がついた。

(何の匂いだろう?)

と、思いながら、十津川はその匂いを辿《たど》って、バスルームを開けてみると、浴槽に黄緑色のお湯が一杯に張ってあるのが見えた。

硫黄《いおう》の匂いだったのだ。

お湯は、すでにさめてしまっている。

今はやりの入浴剤で、「草津《くさつ》の湯」と書かれた袋が、封を切られているのが見つかった。

それを見たとき、十津川の頭の中で、疑問が生まれた。これは、自殺ではないのではないかという疑問だった。

浴槽に湯を満たし、そこに草津の湯と名付けた入浴剤をとかし込んだ。そんなことをしてから、自殺する人間がいるだろうか？

身を清めてから死ぬということはあり得るだろうが、湯は縁《ふち》まで一杯に満たされていて、彼が入浴した形跡《けいせき》はない。

たぶん、浜口は、これから温泉気分を味わうつもりだったのだ。

それを途中で止め、遺書を書き、ベランダから飛び降りた。どうも合点がいかない。

「カメさん、これは、殺人《ころし》だよ」

と、十津川は、声に出して亀井にいった。

「とすると、あの遺書はどうなりますか？」

「恐らく、筆跡を似せて、犯人が書いたものじゃないかな」

と、十津川は、いった。

「問題は、動機ですね」

と、亀井が、いった。

十津川は、亀井と２ＤＫの部屋の中を調べる一方、西本《にしもと》と日下《くさか》の二人の刑事に、浜口の勤めていたＲ食品に行き、彼の経歴や会社での評判などを調べてくるようにいった。

２ＤＫの部屋は、六畳の洋間と、同じく六畳の和室に分かれている。

洋室の壁には、浜口自身が撮《と》ったものと思われる写真が三枚、パネルにして掲《かか》げてあった。

一枚は、有名な草津温泉の湯畑《ゆばたけ》の景色である。白く、湯煙りがあがっていて、「草津温泉　湯畑」の標識が置かれている。

もう一枚には、「白根山《しらねさん》」と書かれていた。秋に撮ったものらしく、燃えるような紅葉の向こうに、白い岩肌を見せる白根山の山頂部が、そびえている。

最後の写真には、旅館の前に立っている二十五、六歳の和服姿の女が写っていた。旅館の名前はわからないが、たぶん、草津温泉の旅館だろう。

「浜口というのは、草津が好きだったようですね」

と、亀井が、いった。

机の引出しには、預金通帳や印鑑などが入っていた。

預金通帳に記入されていた金額は、二百五十万六千円余りである。二十九歳の独身の男としては、まあ平均的な預金額かもしれない。

一通りの電気製品は、揃《そろ》っていた。二十九インチのテレビ、ビデオ、冷蔵庫の中には缶ビールが一杯詰まっている。そして、ライカM6。これで、草津の写真を撮ったのだろう。

部屋の隅に置かれたトランペットは、浜口の趣味なのだろうか。

といった言葉が、十津川の頭に浮かんだ。

(優雅な独身生活)

写真のアルバムと、手紙の束《たば》も見つかり、十津川と亀井は、それを一枚ずつ調べていった。

写真は、旅行好きらしく風景写真が多かったが、それでも人物を写したものもあり、若い女の写真も何枚か、混じっていた。

手紙の方も、同じだった。明らかにラブレターと思える手紙も何通かあって、適当に、複数の女とつき合っていたということなのだろう。

浜口の会社を調べに行っていた西本たちが戻ってきて、その結果を十津川に報告した。

「浜口という男について、会社では評判が二つに分かれているようです」

と、まず西本が、いった。

「まあ人間なんてそんなものだよ。敵がいれば、味方もいるんだ」

「上司はおおむね、浜口に対していい点を与えています。仕事熱心で、来年の人事異動では、係長になることが約束されている感じでした」

「それは、浜口が死んだので、お世辞をいってるんじゃないのか？」

と、亀井が、きいた。

「いくらかはその感じがないではありませんが、直接の上司が、係長になったら、そろそろ結婚させなきゃいけないと、ふさわしい相手を探していたのは事実だったようです」

「同僚の評価は違うということかね？」

と、十津川が、きいた。

「全く違うわけでもありません。いい奴だという友人もいますし、女にだらしがないという友人もいました。女性の評価も、いろいろですね。話してて楽しいという女性もいれば、根は冷たい人だという女性もいますね」

と、西本は、いった。

浜口について面白い話を聞いたといったのは日下刑事だった。

「浜口というのは、意外に面倒くさがりで、ひとりの時は、バスタブにお湯を入れて入ったりせず、シャワーですませるんだというのです」

「すると、お湯を入れて、入浴剤を入れたというのは、ひとりではなく、誰かと一緒に入るつもりだったということかな？」

「そんな気がします」

と、日下は、いった。

「浜口が、温泉好きだという話は、聞かなかったかね？」

と、亀井が、二人にきいた。

「温泉好きというより、旅行が好きだったみたいですね。R食品は、年間二十日間の有給休暇がとれるんですが、浜口は、その大部分を旅行で使っていたみたいです。先月も、七日から、有給休暇に、土、日の休みをつないで五日間、旅行をしています。どうやらそれで、草津温泉に行ったようなんです」

と、西本が、いった。

「R食品では、入浴剤は作っていないのか？」

と、十津川が、きいた。

「その点、聞いてみたんですが、作っていませんね」

と、日下が、いった。

「すると、あの入浴剤は、浜口自身が、草津から買って来たものなのかな」

「それとも、犯人が持って来たかでしょう」

と、西本が、いった。

そういえば、バスルームの脱衣所の棚に、同じ「草津の湯」という袋が九個、大きな袋に入り、それに「草津みやげ」と印刷されていたのだ。今はデパートでも、温泉ブームで、草津や熱海《あたみ》などの名前をつけた入浴剤が売られているが、どうやら、今回使われていたのは、草津で買われたものらしい。

2

三鷹《みたか》警察署に、捜査本部が設けられた。浜口の司法解剖の結果と、遺書の筆跡鑑定の結果が、報告されてきた。

死因は、頭蓋骨《ずがいこつ》骨折。死亡推定時刻は、午後十時〜午後十一時。頭部の損傷が大きいということは、飛び降りたのではなく、突き落とされた可能性が高いということだろう。

これは予想された結果だったが、遺書の結果は、十津川の予想とは違っていた。

十津川は、自殺ではなく他殺と考えた時点で、遺書は犯人が筆跡を真似て書いたものだと断定していたのだが、筆跡鑑定の結果は、意外にも、浜口本人が書いたものに間違いないという。

「なかなか面白いね」

と、十津川は、いった。

「犯人が、脅して、書かせたものかもしれませんね」

と、亀井が、いった。

「脅してねえ」

「よく字を見ると、少し、ふるえた感じの箇所があるんです」

「さすがにカメさんだ。詳しく見ているんだね」

「警部は、反対ですか？」

「脅して遺書を書かせるのは、難しいんじゃないかと思ってね」

「じゃあ、納得して書いたんでしょうか？」

「それも、引っかかるんだがね」

とだけ、十津川は、いった。

「もし、それが浜口の書いたものだとすると、遺書にある『君を——』の君が、誰かということになりますね」

と、北条早苗《ほうじょうさなえ》刑事が、いった。

「君は、それを、女だと思うか？」

と、十津川が、早苗にきいた。

「普通なら、女性だと思います。被害者の浜口が同性愛者なら、男の可能性も出て来ますけど」

「その可能性はないだろう。君は、三田村《みたむら》刑事と、彼の女性関係を調べてみてくれ。まず、彼の部屋にあった女の手紙の主だ。彼女たちに会って十一月五日の午後十時から十一時までの間のアリバイを調べるんだ」

と、十津川は、いった。

人数は、三人。いずれも、東京在住の女で、草津の女はいない。

早苗と三田村の二人は、この三人の女性に会い、簡単にアリバイを調べてきた。といっても、ウィークデイの午後十時から十一時という時間である。それに、三人とも、独身の若い女性となれば、確固としたアリバイがある方がおかしいということもできる。

それでも、一人は、退社後、仲間五、六人と飲みに行き、そのあと、カラオケで騒いだことがわかった。二人目は、浜口以外のボーイフレンドのマンションに泊まったことが、証明された。

残りの一人、二十三歳の女だけが、その時間には、ひとりで自分のマンションで過ごしていたと証言した。

この一人だけが、アリバイがあいまいだというわけである。

十津川は、早苗と三田村に、引き続き、彼女のアリバイを調べておくように指示した。

「カメさん。われわれは、草津へ行ってみようじゃないか」

と、亀井に、いった。

「そうですね。私も、今度の事件の根は、草津にあると思っていたんです」

亀井が、ニッコリ笑って、応じた。

「カメさんとは、いつも気が合うんで、嬉《うれ》しいね」

と、十津川も、いった。

翌日、二人は、上野《うえの》発午前一〇時〇九分の『新特急草津3号』に、乗ることにした。『草津3号』は、同じ新特急の『谷川《たにがわ》3号』に連結され、新前橋《まえばし》まで一緒に走り、ここから分かれる。

二人は、十四両編成の列車に乗った。1号車から7号車までが『谷川3号』、8号車から14号車までが『草津3号』である。

二人は、10号車に乗った。自由席では、10号車だけが禁煙車ではなかったからだ。

十津川は、妻の直子《なおこ》にもいわれているので、煙草はやめようと思っているのだが、事件に入ってしまい、それが難しい局面になると、どうしても、煙草に火をつけてしまうのだ。

秋の観光シーズンが終わり、スキーシーズンにも間があるせいか、列車はすいていた。二人は、発車間際に上野駅へ行ったのだが、ゆっくり、すわることが出来た。

二人が、今度の草津行で持って来たものは、浜口の部屋にあった和服姿の女の写真と、遺書のコピーだった。

写真の方は、草津へ着いてから、見直せばいいだろう。

十津川は、車内販売のコーヒーを飲みながら、遺書のコピーを読み直してみた。改めて見直すと、奇妙な遺書だという気がする。

（まるで、ラブレターだな）

と、十津川は、呟《つぶや》いた。

君と一緒になれないのなら、自殺する。そんな感じの手紙でもある。

ひょっとすると、浜口は、そんなつもりでこの手紙を書いたのではないだろうか？

もちろん、半《なか》ば、ふざけてである。

とすれば、書かせたのは女、それも、若い女だろう。まさか、それが自分の遺書になるとは思わず、女に甘えられて書いたのではないのか。

そこまで考えたところで、小さな壁にぶつかり、十津川はそのコピーを横の亀井に渡し、煙草に火をつけた。

3

列車は、一一時三七分に新前橋に着き、ここで『新特急谷川』と『新特急草津』に分かれ、二人の乗った『新特急草津』は草津に向かった。

一二時三六分、長野原《ながのはら》草津口駅に着いた。

ここで降りた乗客は、十津川たちを含めて十二、三人である。

（殺された浜口も、一カ月前、ここで降りたに違いない）

と思いながら、十津川はホームを見廻した。草津温泉に近い駅のせいで、旅館やホテルの看板が並び、バスのりばの案内のところに、大きく、「草津温泉まで25分」と書かれてあった。

十津川と亀井は、改札口を出て、バスのりばに歩いて行った。

草津温泉行のバスが、待っていた。乗り込むと、列車の中で一緒だった人の顔も、何人か見られた。

バスは国道292号線、通称草津道路を北に向かって走る。

天気が良いので、左手前方に白根山系が、はっきりと見える。その向こう側が、志《し》賀《が》高原である。

草津温泉街のはずれで、バスは停車した。

草津は、古い歴史のある温泉町なので、中心部は道路が狭いからだろう。

二人はバスを降り、温泉街の中心にある湯畑に向かって歩いていった。

前方に、白く湯煙りがあがっているので、そこが湯畑とすぐわかる。

草津温泉の源泉の一つから、湯《ゆ》の花《はな》を取るために、何条もの木樋《きどい》を並べ、そこに湯を通しながら、樋の底に沈澱《ちんでん》した湯の成分を、しぼって採取する。これを「湯の花」

といい、土産物《みやげ》店で売っている。

実際に眼で見ると、石造りの柵で囲まれた湯畑は、五十メートルプールをひと回り大きくした広さで、木の角張った樋が何本も並んでいる景色は、壮観だった。湯煙りがなければ、蜜蜂《みつばち》の巣が並んでいるようにも見える。

この湯畑を中心にして、草津温泉街が構成されている感じだった。

旅館街があり、土産物店が並んでいる。

浜口の写真にあった標識もあった。大きな立方体の標識で、「草津温泉　湯畑」の文字の他に、ここの標高は一一五六Mの文字も見えた。

その高さが白根山（二一五〇M）の山麓《さんろく》の温泉地であることを示している。そのせいか、陽《ひ》がかげると急に寒くなってくる。

十津川は、まず今夜泊まる旅館を決めることにした。

昼食をとるために、眼に入った食堂に入り、そこの主人に、東京から持ってきた写真を見せた。

浜口の部屋にあったパネル写真の一枚で、旅館の前で、和服姿の若い女が写っているものだった。

「この旅館が、わかりますか？」

と、十津川がきくと、食堂の主人はちょっと見ただけで、

「ああ、北陽館《ほくようかん》ですよ」

と、教えてくれた。

ここから歩いて七、八分の古い旅館だということだった。

ついでに、旅館の前で写っている女性についても聞いてみたが、こちらは知らないと、そっけなくいわれてしまった。

二人は昼食をすませると、湯畑を中心に放射状に延びている通りの一つを歩いて行った。

古い格式のありそうな旅館が並ぶ一角に、「北陽館」という看板が眼に入った。

三階建ての木造の旅館だった。なるほど、写真そのままの構えである。

（一カ月前、浜口はここに泊まったのか）

と思いながら、十津川は亀井と中に入って行った。

4

一応、一泊の予定で泊まることにした。刑事であることは隠して、偽名でチェック

インし、部屋に案内されてから、十津川は仲居に、

「実はこの旅館を、友だちに紹介されてね」

と、水を向けた。

「そうでございますか」

と、中年の小柄な仲居も、ニッコリする。

「彼は、一カ月前に来ているんだが、覚えていないかな。浜口というんだが」

と、十津川がいい、亀井が浜口の背恰好《かっこう》や顔立ちを説明した。

だが、仲居は、小さく首を横に振った。

「そういう方は、お泊まりになっていらっしゃいませんね」

「この写真は、この北陽館ですね？」

と、十津川は、例の写真を見せた。

「はい。当館でございますけど」

「この女の人は、知りませんか？　着物姿だから、観光客ではなく、この土地の人だと思うんですがね」

と、十津川は、きいた。

「知りませんわ。見たことのないお顔ですわ」

「よく見て下さいよ。きれいな人だから、記憶に残っているんじゃないかと思うんですがねえ」

「でも、知らないんですよ。申しわけございませんけど」

「ここのおかみさんにも、聞いてくれませんか」

と、十津川はいい、強引に写真を仲居に預けた。

夕食の時、おかみがわざわざ挨拶《あいさつ》に顔を出して、

「お客さまは、人探しにおいでになったんでしょうか？」

と、きく。

「いや、本来は、温泉を楽しみに来たんですよ。ただ、友だちが、その写真を見ましてね。どうしても、その写真の女性のことを、調べてきてくれと頼まれたんですよ。住所と名前がわかれば、つき合ってもらえないかといいましてね」

「そうでございますか。でも、あいにく、私どもでは、わかりませんので」

と、おかみはいい、写真を返してよこした。

おかみが、顔を引っ込めると、亀井が、

「何だか、様子が変ですね」

と、小声で、十津川に、いった。

「そうだな。用心されてる感じだな」

「われわれが刑事だと気付いて、それで、用心しているのかもしれませんよ」

「気付かれたとは思わないんだが――」

と、十津川は、いった。

夕食をすませると、二人は、丹前《たんぜん》姿で、写真を丸めて持って、旅館を出た。

寒かったが、湯畑の周辺には、それでも丹前姿の客の姿をちらほら見ることが出来た。

二人は、土産物屋の何軒かに入り、写真を見せて、この女性を知らないかときいてみた。が、知っているという者はひとりもいなかった。

最後に、十津川は、警察の派出所を探して、そこで聞いてみることにした。

四十歳くらいの警官が、ひとりで事務を取っていた。十津川は、ここでは警視庁捜査一課の刑事であることを名乗ってから、写真を見せた。

「これは、一カ月前に撮った写真なんだ。ここに写っている女性を探している。君は、ここの生まれかね？」

「そうです。生まれたのは、長野原です」

「この派出所に来てからは？」

「三年になります」

と、警官は、緊張した顔で答える。

「それなら、この女性の顔を見たことがあると思うんだがね。どうかな？」

と、十津川は、きいた。

警官の表情が、一層かたくなった。当惑の色といってもいいかもしれない。

「申しわけないんですが、見たことがありません」

と、警官は、いった。

「この女性が、観光客だと思うかね？」

と、亀井が、きいた。

「わかりません」

「しかし、若い女が着物を着て、この草津まで温泉に入りに来るということはないんじゃないかね？」

「かもしれませんが、こちらへ来て着がえたかもしれません」

「しかし、何のために着がえるんだ？　着物なら、われわれみたいに、ゆかたに丹前でいいじゃないのかね？」

「その点は、私にはよくわかりませんが」

「この草津温泉で、着物をよく着ている女性というと、どんな人が考えられるのかな？」

と、十津川は、いった。

「そうですね。旅館のおかみさん、仲居さん、それに、土産物店の店員でも、着物を着ている人がいますが」

「ここには、芸者さんもいるんじゃないの？」

と、亀井が、きいた。

「ええ。います。そうですね、芸者も着物を着ますね。しかし、ここの芸者はかつらをかぶっていますが」

と、警官は、いう。

「しかし、普段はかつらはかぶっていないだろう？」

「ええ。かぶっていませんが」

「じゃあ、この写真の女は、ここの芸者かもしれないな」

と、亀井は、いった。

「しかし、私は、ここの芸者ならほとんど知っていますが、この写真の芸者は知りません。違うんじゃないですか」

と、警官は、いった。

「出よう」

と、急に、十津川が、亀井に囁《ささや》いた。

「お力になれなくて、申しわけありません」

と、警官はふかく頭を下げた。

二人は、派出所を出た。

「どうもおかしいですよ」

と、亀井が、いう。

「カメさんもそう思うか？」

「ええ、写真の女は、どう見ても観光客じゃありません。それに若くて、美人で、着物がよく似合っています。となれば、彼女のことを、たいていの人間が知っていなければおかしいですよ。少なくとも、派出所の警官や、旅館のおかみは。小さい町なんですからね。それなのに、旅館のおかみは知らないというし、ここで、三年間ずっと派出所で働いている警官も知らないという。変ですよ」

亀井は、まくしたてるようにいった。

「同感だがね、私たちは写真の女の名前も知らないんだ。反論しようにも、反論のしようがない」

と、十津川は、いった。

「どうしますか？」

「そうだな。ともかく、もう一日ここにいて、調べてみよう」

と、十津川は、いった。

北陽館に戻り、滞在日を一日延ばしてもらい、二人は、冷えた身体を温めようと、一階にある風呂に入ることにした。

広い湯舟には、豊富なお湯が、あふれている。黄緑色のお湯は、十津川に東京の被害者宅のバスルームで見た同色のお湯を思い出させた。

草津温泉は万病にきくといわれるが、お湯が濃いので、時間をおいて入った方がいいともいわれている。

十津川は身体が温まると湯舟から出て、流し場に木の桶を枕がわりにして横になった。

背中の下を湯舟からあふれたお湯が流れていく。それが気持ちよかった。

亀井も横に並んで、天井を見上げた。

外の気温が下がったせいか、湯気で浴室の中がくもっている。

その湯気の向こうから今、入って来たらしい泊まり客の話し声が聞こえてきた。

「さっきフロントの傍《そば》を通ったら、刑事が二人できて泊まっているって話してたよ」

「刑事が？」

「ああ、何か調べに来てるらしい」

「何を調べてるんだ？」

「さあね。泊まり客の中に強盗でもいるんじゃないか」

「まさか」

と、ひとりが笑い、そのあとは女の話になった。

「参りましたね」

と、亀井が、小声でいった。

5

あの派出所の警官が、ここのおかみに喋《しゃべ》ったのか。それとも、最初から、ここのおかみに気付かれていたのか。

たぶん、十津川と亀井が仲居にいろいろと聞いたので、気取《けど》られてしまったのだろう。そんなところには、旅館のおかみというのは敏感だからだ。

部屋に戻ると、十津川と亀井は苦笑し合った。折角《せっかく》偽名で泊まり、刑事であることも隠したのに、それが無意味になってしまったからである。

「やはり、何かありますよ」

と、亀井は、いった。

「そうだな。何かあるね。気のせいかもしれないが、警戒しているところへ、私たちが飛び込んでしまったような気がして仕方がないんだ」

と、十津川は、いった。

また、煙草の本数が増えてしまいそうだった。狭い板の間に置かれた椅子に腰を下ろして、十津川は煙草に火をつける。

「私も、そう思います。ここのおかみも、派出所の警官も、われわれが東京から調べに来ることを、予期していたような気がしますね」

と、亀井も、いった。亀井は煙草をやめているので、冷蔵庫から缶ビールを取り出して、飲み始めた。

「写真の女を、知らないというのは嘘《うそ》だな」

と、十津川が、いう。

「そうですね」

「だが、なぜ知らないと、いうんだろう？　ここのおかみや、仲居が知らないというのは、わからなくはない。客商売だから、われわれにあれこれ調べられるのが嫌かもしれないからね。だが、派出所の警官まで、嘘をつくというのは、何なのだろうね」

十津川は、首をかしげる。

「問題は写真の女でしょうね。彼女のことがわかれば、いろいろとわかると思うんですがね」

と、亀井はいい、ビールを音を立てて飲み干した。その乱暴な飲み方に、亀井のいらだちが表われているような気がした。

十津川のくわえた煙草も、すぐ灰になってしまう。また、彼は、新しい煙草に火をつけた。

「殺された浜口は、一カ月前、この草津温泉にやってきた。それは、間違いないはずだ。そして、彼は、美人で着物の似合う彼女を見つけて、この旅館の前で、写真を撮った。これも、間違いないと思うね」

「彼女も、写真を撮られたわけだから、その時点では、この草津で、彼女のことが別にタブーにはなっていなかったんだと思いますね」

と、亀井は、いった。

「そうだろうね」

「ビールを、もう一本、頂きますよ」

と、亀井はいい、冷蔵庫を開けた。

「警部も、どうですか？」

「私はいい」

「そうですか」

と、亀井は、缶ビールを持って、椅子に戻ってから、

「浜口が、ただ彼女の写真を撮っただけだったら、彼も殺されなかったでしょうし、彼女のことが、タブーになることもなかったろうと思いますね」

「浜口は、十月七日から五日間、休暇をとっている。その間、ずっとこの草津に滞在したんじゃないか。そうだとすれば、彼女との間に何かあったとしても、おかしくはない」

と、十津川は、いった。

「何があったんでしょうね？」

「浜口が結果的に殺されているんだから、それだけのことがあったろうと思うんだが、

問題は、浜口が、それを意識していたかどうかだな。どうも意識してなかったんじゃないかと思うんだよ。だから、平気で、女の写真をパネルにして、居間に飾っておいたり、知人を平気で自分の部屋に招き入れたりしたんじゃないのかね」

と、十津川は、いった。

「彼女は、まだ、この草津温泉にいるんですかね？」

「どうかな」

「まさか、一カ月前に浜口が彼女を殺してしまったんじゃないでしょうね？」

と、亀井が、きく。十津川は、笑って、

「それなら、ここの警察が殺人事件として捜査しているよ」

「確かにそうですね」

「明日、カメさんは、ここで引き続き聞き込みをやってくれ。写真の女のことでだ」

と、十津川は、いった。

「警部はどうされますか？」

「長野原の町へ行ってくる。ここ一カ月の新聞を調べてみたいんだ。草津温泉で、何か事件が起きていないかをね」

と、十津川は、いった。

翌日、朝食のあと、十津川は、バスで長野原に出かけた。

JR長野原草津口駅で降り、新聞社を探した。駅の近くに、群馬《ぐんま》新聞の長野原支局があるのを見つけて、訪れてみた。

警察手帳を見せ、十月七日から、十一月五日までの新聞を見せてほしいと頼んだ。

支局の狭い応接室で、一カ月の新聞に眼を通した。

草津温泉に関する記事も、何回か出てきた。

泊まり客の一人が、酒の呑み過ぎで救急車で運ばれたといった記事もある。

草津温泉街の東端にある草津熱帯園の紹介記事も、載《の》っている。温泉熱を利用して、ニシキヘビや、イグアナなどを飼育しているドームらしい。

十津川は、三回、読み返したが、写真の女についての記事は、見つからなかった。

十津川は、失望し、支局の記者が、しきりに、

「何か事件ですか？」

と、聞くのを振り払って、支局を出た。

（事件は何も起きなかったのだろうか？）

と、十津川は、バス停に向かって歩きながら考えた。

（何か起きたのに、誰かが、それを隠してしまったのだろうか？）

どちらかわからないままに、十津川はバスで草津温泉に戻った。

北陽館に帰ったが、亀井は聞き込みに外出したままらしく、姿は見えなかった。

十津川も、すぐ、温泉街に出た。

今日も、バスや車で、客がやって来ている。最近は、若い女性も多くなった。石柵にもたれるようにして、湯畑をのぞき込んでいる五、六人の若い女のグループの姿もあった。

古い温泉街の周辺に、ペンションや、マンションが、建つようになっている。

ぶらぶら歩いて行くと、西のはずれに「西《さい》の河原」と呼ばれる湯の池があった。

途中は土産物店が並び、その前の道を登って行くと、上から流れてくる細い川が、湯煙りをあげている。

その先に、湯を溜めた池が、点々とつらなっていた。

硫黄の匂いがし、石ころだらけの景色が続くので、賽《さい》の河原をもじって、西の河原と、呼んでいるのだろう。

一種の露天風呂になっているのだが、囲いもないので、昼間はさすがに入浴している人の姿はない。

立ち止まって、眺めていると、「警部」と呼ばれた。振り向くと亀井で、

「何か、収穫がありましたか？」

と、きく。

「いや、ここ一カ月の新聞には、写真の女についての記事は何も載っていなかったよ」

「私も、収穫はゼロです。土産物店で、お土産まで買ったんですが、写真の女は、知らないといわれましたよ」

と、亀井は袋を見せた。中に、「草津の湯・湯の花」のお土産が入っていた。

「ここの人間の口はかたいんだな」

「そうです。かたすぎるということは、写真の女のことを知っていて、何かあった証拠でもありますがね」

と、亀井は、いった。

「カメさん。昼食は？」

「まだです」

「じゃあ、その辺で食べよう」

と、十津川は、いった。

旅館で出される懐石料理にあきてきていたので、二人は、ラーメン屋を見つけて中に入った。

　注文をしてから、亀井が、

「浜口が、十月にこの草津に来たことは間違いないと思うんですが、その前にも、一度来ているんじゃないでしょうか」

　と、いった。

「なぜ、そう思うんだ？」

「実は、浜口のマンションにあった他の二枚の写真を、もう一度見たくて、西本刑事にＦＡＸで送ってもらったんです」

　と、いって、亀井は、それをポケットから取り出して、テーブルの上に広げた。

「白根山を撮った写真の方は、シロクロではっきりしませんが、浜口の部屋で見た写真では紅葉が写っていました。だから、十月に入ってから撮ったものだと思います。しかし、湯畑を撮った方を見て下さい」

　と、亀井が、いった。

「別に、おかしいところはないと思うんだが――」

「ここを見て下さい」

　と、亀井が、指さした。

「草津温泉　湯畑」の標識が、大きく写っているのだが、遠景に、石柵にもたれて、湯畑をのぞいている若いカップルが、写っている。

「白い湯煙りではっきりしませんが、よく見ると、男の方は半袖のTシャツ姿です」

と、亀井は、いった。

「なるほど。Tシャツだねえ」

「標高一一五六メートルの場所ですから、十月は、もう寒くなっていると思うのです」

「面白いね。同じ居間にかかっていたので、同じ時に写したものだと思い込んでいたのだが、湯畑の写真は、夏に撮ったのか」

「それで、西本刑事たちに調べさせたんですが、浜口は七月初めにも休暇をとっているんです。土、日を入れて五日間で、同僚には、温泉へ行ってくると、いったそうです」

「二回、草津温泉に来ていたのか」

「そうです」

「よほど草津温泉が気にいったのかな。いや、写真の女が、気にいったからだろうね」

と、十津川は、いった。

「浜口は、女好きだったそうですからね。それに写真の女は、美人です」

と、亀井は、いった。

ラーメンが運ばれてきたので、亀井がＦＡＸの紙を丸めてポケットに入れ、二人はラーメンを食べ始めた。

「浜口が、二度草津温泉に来ていたとして、それが何か、意味があるのかな」

と、十津川は、箸《はし》を動かしながら、呟いた。

亀井は、「七月、八月、九月、十月――」と数えていたが、

「警部。もし、七月はじめに浜口がここに来たとき、彼女と愛し合って、五日の間に関係が出来たとします。その時彼女が、浜口の子を身ごもったとすると、十月で三カ月になります」

「妊娠三カ月か」

「そうです」

「おめでたいことだが――」

「浜口と彼女が正式に結婚すれば、子供が出来て、おめでたいことですが」

「そうだな。妊娠を知って、浜口が逃げ出したとすると、おめでたい出来事ではなく

なってしまうね」

と、十津川は、いった。

「女は怒りますよ」

「しかし、それだけで、殺すかね？　もっと悪いことが、起きたんじゃないかな」

と、十津川は、呟いた。

6

十津川は北陽館に戻ると、東京の捜査本部にいる西本に電話を掛けた。

「急いで調べてもらいたいことがある。十月中に浜口が、草津温泉周辺の銀行か信用金庫の誰かの口座に、金を振り込んでいないかどうかをだ。たぶん、浜口の利用している銀行からだと思う」

「すぐ調べます」

と、西本は、いった。

午後二時になって、西本から電話が入った。

「いろいろ調べましたが、浜口は十月中にはどこにも送金していません」

と、西本は、いう。

「送金していないか？」

「そうです」

「ちょっと待ってくれよ」

と、十津川は受話器を持ったまま、考えていたが、

「郵便局も調べてみてくれ。同じく、十月中に、草津の誰かに送金していないかだ。郵便局は、恐らく、R食品の近くか、自宅近くのものを利用したと思う」

と、十津川は、いった。

その返事は、午後五時過ぎに届いた。

「見つけましたよ」

と、西本は、電話口で声をはずませた。

「話してくれ」

「R食品の近くにある郵便局から、十月二十三日に、浜口は送金しています。金額は、十万円。送金先は、群馬県吾妻《あがつま》郡草津町××番地、深井《ふかい》みゆきです」

「間違いないね？」

「間違いありません。郵便局に記録があります」

と、西本は、いった。

(やっと見つけたぞ)

と、十津川は、思った。

亀井も、それを聞いて、眼を輝かせた。

「彼女の名前は、深井みゆきですか」

「まず、間違いないと思うね」

と、十津川は、いった。

「十万円というのは、いったい何なんですかね?」

「手切金にしては、少なすぎるな」

「恐らく浜口は、彼女から妊娠を知らされ、中絶しろといって、十万円送ったんじゃありませんか?」

と、亀井は、いった。

「それが本当なら、ひどい話だな」

「ええ。ひどい話です。ひどい話だからこそ、殺人の動機になり得ます」

と、亀井は、いった。

「もう一日、ここに滞在しよう」

と、十津川は、いった。

翌日、旅館で朝食をすませると、二人はすぐ外出し、問題の番地の家を探すことにした。

草津温泉街の詳しい地図を買い、それを参考にして探す。

歩いている途中で、亀井が小声で、

「つけられていますよ」

と、十津川に、いった。

十津川は、前を見たまま、微笑した。

「北陽館の仲居だよ。われわれのことが、心配なんだろう」

「どうします？」

「放っておこう。どうせ、わかってしまうんだ」

と、十津川は、小声でいった。

問題の番地のところには、土産物店があった。

近くには、「湯もみ」で有名な会館がある。午前二回、午後二回、五百円の見学料で、草津節に合わせて、着物姿の女性が長い板で熱湯をかき回す。

その草津節がかすかに聞こえてくるのを耳にしながら、十津川と亀井は、土産物店に眼をやった。

「深井商店」の看板が出ているから、この店に間違いないだろう。

「どうします？」

と、亀井が、きく。

「とにかく、当たってみよう」

と、十津川はいい、店の中に入って行った。

店の中には二人、観光客がいた。その二人が出て行くのを待ってから、十津川は着物姿の女店員に、

「ここのご主人に、お会いしたいんだが」

と、声をかけた。

その女店員が奥に向かって呼ぶと、五十歳ぐらいの男が顔を出した。

その顔が、十津川と亀井を見て、急にこわばった。

（やはり、われわれのことを、知らされているのだ）

と、十津川は思いながら、

「お聞きしたいことがあるんですがね」

「何ですか？」

と、男は、切り口上できく。

十津川は「実は――」と、警察手帳を見せて、

「東京で起きた事件のことで、来たんです」

と、いった。

男は、一瞬、戸惑いを見せてから、

「どうぞ、奥へ入って下さい」

と、いった。

二人は、奥の部屋へ通された。女店員が、茶菓子を出す。

十津川は、例の写真を相手に見せて、

「ここに写っている女性は、娘さんじゃありませんか？　深井みゆきさんだと、思うんですが」

と、きいた。

店の主人は、じっと写真を見ていたが、

「確かに娘のみゆきですが、それが何か？　警察のご厄介《やっかい》になるようなことは、していないはずですが」

と、怒ったような口調で、聞き返した。

「娘さんに、どうしても、会いたいんですよ。今、いらっしゃいますか?」

と、亀井が、いった。

「用件は、何でしょうか?」

「それは、みゆきさんに会って、申しあげます」

と、十津川が、いった。

「今、おりません」

「何処《どこ》へ出かけられたんですか?」

「親戚のところに、行っております」

と、深井は、いう。

「いつ、お帰りになりますか?」

「ちょっと、日時はわかりません」

「それなら、そのご親戚の家を教えて下さい。私たちがそこへ行って、みゆきさんに直接会いますから」

「申しあげられません」

と、深井は、いった。

亀井が、眉を寄せて、

「われわれは、殺人事件を追って、ここまで来た。協力してくれないと、困りますね」

「それなら、令状を持って来て下さい」

と、深井は、負けずにいい返してきた。

「協力は出来ないというのか」

亀井が強い調子でいうのを、十津川が止めた。

「今日は、失礼しよう」

「しかし、警部」

「カメさん」

と、十津川は、亀井を引っ張るようにして、店を出た。

「警部。折角、事件の核心に触れたのに、なぜ止めたんですか」

と、亀井は、十津川に食ってかかった。

十津川は、それをなだめながら、歩き出した。

近くに喫茶店を見つけて、十津川は亀井を促《うなが》して、中に入った。

時間が早いので、店の中はがらんとしている。通りの見える座席に腰を下ろして、
十津川はコーヒーを注文した。

「コーヒーで、良かったかな?」

と、十津川が、機嫌をとるようにきくと、亀井は、

「娘のみゆきが親戚のところに行ってるなんていうのは、嘘に決まっていますよ。きっと、店のどこかにいるんです」

「カメさんはまるで、彼女が、浜口を殺したみたいないい方だな」

と、十津川は、いった。

「動機はありますよ」

と、亀井は、いう。

運ばれてきたコーヒーを、ゆっくりかき回しながら、十津川は、

「動機って?」

と、きいた。

「七月のはじめに、浜口はこの草津にやってきて、深井みゆきに出会って、好きになった。たぶん、強引に迫ったんだと思います。関係ができた。十月になって、もう一度、浜口はやって来て、また彼女に会い、写真を撮った。そのあとで、彼女は自分が妊娠しているのを知り、浜口に知らせた。ところが浜口は、それを聞いてあわてた。奴は、まだまだ遊びたかったんでしょう。或いは、会社の上司から見合いをすすめら

れていて、そちらの話にのり気になっていたのかもしれません。それらしい話を聞いていますからね。そこで浜口は、すぐ、子供を堕《お》ろせといい、手術料として、十万円を送ったんです。当然、彼女は怒りますよ。怒るのが、当たり前です。怒った彼女は、十一月五日の夜、浜口を訪ねて東京に行った。たぶん、表面上はいわれた通り、子供は堕ろしたから安心してとでもいって、彼を安心させたんだと思います。そういって、油断している浜口をベランダへ誘い出し、いきなり突き落として殺したんじゃありませんか。これなら、理屈に合いますよ」

と、亀井は、いった。

「なるほど、確かに、動機は充分だ」

「そうでしょう」

「しかしねえ、カメさん。その通りだとしたら、なぜ北陽館のおかみも仲居も、揃って写真の女なんか知らないと、嘘をついたんだろう？」

と、十津川は、きいた。

「草津温泉は小さな町です。二人とも深井みゆきのことをよく知っているんで、かばって嘘をついたんだと思いますよ」

「派出所の警官までがかい？」

「彼だって、ここの人間です」

と、亀井は、いった。

「――――」

「いけませんか？」

「どうも少し無理があるような気がするんだがねえ」

と、十津川は、いった。

コーヒーを飲み終わると、十津川は急に、

「町役場へ行ってみよう」

と、亀井に、いった。

二人は、バス・ターミナルの近くにある町役場に向かった。

戸籍係のところで、十津川は警察手帳を見せて、深井みゆきの戸籍謄本を見せて欲しいと頼んだ。

係が持って来てくれた戸籍謄本を、二人で見た。

世帯主は深井勇作《ゆうさく》、五十二歳。さっき店で会った主人だろう。

妻、里美《さとみ》、四十七歳。

そして長女として、みゆきの名前があった。二十二歳。

しかし、その名前は抹消《まっしょう》されて、今年の十月二十七日、死亡となっていた。

十津川と亀井は、思わず顔を見合わせてしまった。

「参りました」

と、亀井は呟いて、

「浜口が殺された十一月五日より、九日も前に死んでいたんですね」

「犯人は別人なんだ」

十津川も難しい顔になって、呟いた。

その戸籍謄本をコピーしてもらって、二人は町役場を出た。

亀井は歩きながら、じっと考え込んでいたが、

「彼女の家族が犯人ということは、考えられませんかね」

と、いった。

「家族？　しかし、戸籍謄本を見ると、妹はいないし、兄や弟もいない。一人娘だったんだ」

「母親は、どうでしょう？」

「まず、無理だな」

「四十七歳でも、油断を見すまして、ベランダから突き落とせますよ。あるいは、五

十二歳の父親かもしれません」

と、亀井は、いう。

「カメさん。浜口は、バスタブに草津の湯という湯の花を入れていたんだよ。ひとりの場合は、面倒くさがって、シャワーですませる男だったそうだから、彼は、訪ねてきた客と一緒に入ろうとしていたんだ。自分が傷つけた女の母親や父親と、一緒に入ろうと思うかね？」

と、十津川は、いった。

「確かに、不自然ですね」

「だから、相手は若い女だと、私は思っているがね」

と、十津川は、いった。

「彼女の女友だちということは、考えられませんか？」

「女友だちねえ」

「親友なら、彼女の仇《かたき》を取ろうとするんじゃありませんか？」

「しかしねえ。親友というだけで、殺人までやるだろうかね？」

と、十津川は、いった。

「そうですねえ」

と、亀井も、考え込んでしまった。そんな亀井を励ますように、

「親友という線は、悪くはない。その親友に、強い、何かの事情があれば、納得できるんだよ」

と、いった。

「何かの事情といいますと？」

「そうだな。たとえば、彼女と、死んだ深井みゆきとが、いわゆるレズビアンと呼ばれる同性愛で結ばれていたとすれば、といったことだが」

「しかし、警部。もし女友だちが、深井みゆきと、そんな関係なら、みゆきは、浜口と関係は持たないと思いますが」

と、亀井は、いった。

「それも、そうだな」

と、十津川は、苦笑してから、

「別の理由だとすると、そうだねえ。深井みゆきに、命を助けられたことがあったといったことも、考えられるんじゃないかな」

「命ですか？」

「小さい時でもいいんだ。その友だちが、小さい時、川で溺《おぼ》れかけたのを、深井みゆ

きが、助けたということだってあり得るだろう。みゆきの方は忘れてしまっていたが、女友だちの方はしっかりと覚えていて、みゆきが死んだあと、その仇を討ったというのは、どうだね？」

と、十津川は、いった。

「悪くは、ありませんね」

「とにかくその前に、深井みゆきがなぜ死んだか、調べてみようじゃないか」

と、十津川は、いった。

「私も、それを知りたいと思います。もし病死なら、彼女の女友だちが、仇を討つために浜口を殺したというのは、納得できなくなりますから」

と、亀井は、いった。

「しかしねえ。カメさん」

「わかっています。病死でなければ、ここの警察が調べていると、おっしゃるんでしょう？」

「そうだ。それに、新聞に載ったはずだよ。だが私が、長野原の群馬新聞の支局で、十月の新聞を調べたが、載っていなかったんだ。殺されたか、あるいは変死でも、新聞は記事にしているはずだからね」

と、十津川は、いった。

「しかし、警部だって、調べる価値はあると思われるんでしょう？」

「ああ。もちろん、思っているさ。それに正直にいって、今のところ他に、突破口はなさそうだ」

と、十津川は、笑った。

「ただ心配なのは、この草津温泉に、正直に話してくれる人間がいるかどうかです」

と、亀井は、いった。

「それがあるね。写真に写っている女性が深井みゆきだということさえ、誰も教えてくれなかったからな」

と、十津川も、いった。

「なぜ、ここの人間は、こんなに口が重たいんですかね？　われわれが、外の人間だからという理由だけではないと、思えるんですが」

「もちろん、違うさ」

と、十津川は、いった。

それでも、ここまで来たら、突進するより仕方がない。何しろ、これは殺人事件の捜査なのだ。

二人は、廻れ右して、深井商店の近くの、同じく土産物店に入って行った。

今度は最初から、店員に警察手帳を示した。店員があわてて、おかみを呼んできた。

十津川は、そのおかみに、

「そこの深井商店の娘さんのことで、聞きたいんですが。ええ。みゆきさんです。十月二十七日に、亡くなっていますが、病死ですか？　それとも、事故か何かですか？」

と、きいた。
四十五、六歳に見えるおかみは、かたい表情で、
「ご病気だったと思いますよ」

と、いう。

「思うというのは、どういうことですか？　病気ではないかもしれないんですか？」

「いいえ。ご病気です。ただ、何の病気なのか、詳しいことは知らないということですよ」

と、おかみは、怒ったような調子で、答えた。

「しかし、若いし、元気だったようだから、急死ですね」

「ええ」

「病院は、わかりませんか？」

「知りませんよ」

「葬式は、どこでやったんですか？」

「さあ、わかりませんけど」

「わからないって、ご近所じゃないか。葬式には、行かなかったんですか？」

亀井が、いらいらしてきたのか、大きな声を出した。

おかみは、身を引いた感じになって、

「お葬式の時、あたしは用があって、他所《よそ》へ行ってたんですよ」

と、いった。

やはり、まともには返事をしてくれないのだ。

仕方なく外に出ると、亀井が、

「駄目でしたね」

「この調子では、他の人間に聞いても返事は同じだろうな」

と、十津川も、肩をすくめた。

「どうしたらいいですかね？」

「そうだな」

と、十津川は、考えていたが、

「もう一度、町役場へ行こう。最初から、あそこへ行くべきだったんだよ。町役場の人間なら、こちらが要求する書類は見せる義務があるからな」

と、いった。

二人は、バス・ターミナルの傍の町役場に、引き返した。さっきの戸籍係のところへ行くと、コピーしてもらった深井みゆきの戸籍謄本を示して、

「ここに載っている深井みゆきは、十月二十七日死亡となっていますがね」

と、十津川は、いった。

「ええ」

と、戸籍係は肯《うなず》いたが、この男も警戒する眼になっていた。

十津川は、構わずに、

「死亡届は、当然、出ていますね？　深井みゆきが抹消されているんだから」

「ええ。まあ」

「それを、見せてくれませんか」

「しかし、それは、プライバシーの問題がありますから」

「いいか。あんた。われわれは殺人事件の捜査に来ているんだ。その捜査の参考に見せてほしいといっている。そちらには見せる義務があるはずだよ」

と、亀井が、脅すようにいった。

それでも戸籍係は、奥の上司に相談してから、やっと書類を出してくれた。

死亡届には、医師の死亡診断書が添付されている。

死因は、心不全と書かれていた。

十津川は、手帳を取り出して、それを写し始めたが、急に「おや？」という眼になった。

死亡診断書を書いたのは、M病院の田口《たぐち》という医師になっているのだが、そのM病院の住所が、高崎《たかさき》市内になっていたからである。

長野原にも、総合病院はあるはずだった。現に、十津川は、JR長野原草津口駅から、この草津温泉までのバスの中で、立派な病院の建物を見ている。

第一、草津温泉では、温泉を治療に利用するために、大きな病院を建てているはずだった。それなのに、なぜ、高崎の病院の医者が、死亡診断書を書いたのだろうか？

（この田口という医師に会う必要があるな）

と、十津川は、書き写しながら思った。

7

時間が惜しかったので、十津川は、タクシーを拾って、亀井と、高崎に向かった。

榛名《はるな》湖の横を抜けて、高崎市内に入る。

草津から来ると、いかにも大都会へ着いたという感じがする。

（だから、高崎の病院へ診《み》てもらいに来たのだろうか？）

と、十津川は、思ったが、M病院に着いてみると、大きな病院ではなかった。

一応、総合病院なのだが、中堅の古めかしい病院だった。

十津川と亀井は、ここの田口要《かなめ》院長に会った。
五十二、三歳の太った医者である。
十津川が、警察手帳を見せて、十月二十七日に死亡した深井みゆきのことについて話してほしいというと、渋面を作って、

「患者のプライバシーに関することを、口外することは、許されておりませんからね」

と、いった。

「死因は、心不全になっていましたが」

と、十津川は、いった。

「しかし、患者に関することはねえ」

「彼女が、ここに来た理由は、わかっているんです」

と、十津川は、いった。

「わかっていると、いわれると？」

「中絶の手術を受けに来たんでしょう。違いますか？」

十津川がいうと、田口は、妙にほっとした表情になって、

「知っておられるんですか」

「ええ。知っていますよ。妊娠三カ月だったんでしょう？」

「そうです」

「亡くなったのは？」

と、亀井が、きいた。

「手術の失敗じゃありませんよ。手術は、うまくいったんです。ただ、彼女は、もともと、身体が丈夫ではなかったようだし、私は、二、三日、ゆっくり入院してから帰ることをすすめたんだが、一緒に来ていた女性が、仕事があるからといって、タクシ

ーを呼んでしまいましてね」

「一緒に来た女性というのは？」

「友だちといっていましたね。年齢も同じくらいでしたね」

と、田口医師は、いう。

「名前は、わかりませんか？」

と、十津川は、いった。

「さあ」

と、田口は、首をかしげていたが、

「そういえば前に、一度、うちへ来たことがあるといっていたなあ。それで、友だちの深井みゆきさんも、連れて来たんだと」

「じゃあ、その友人の診断書《カルテ》も、ここにあるはずですね？」

と、十津川は、いった。

「あるはずですよ。探してみましょう。確か、梅雨《つゆ》の頃だったと思うんだが――」

田口は、ぶつぶつ呟きながら、カルテを一枚ずつ見ていったが、

「ああ、これだな。住所は、同じ草津町になっているから、間違いないと思います。名前は、宮口麻美《みやぐちあさみ》ですね」

と、教えてくれた。

「その宮口麻美が、タクシーを呼んで、強引に深井みゆきを乗せて、帰ってしまったんですね？」

「そうなんですよ。そして、途中まで行ったところで、容態が急変したといって、あわてて、ここへ戻って来たんです。すぐ、応急処置をとりましたが、手おくれになっていましてね。心臓発作を起こして十月二十七日の午後九時過ぎに、亡くなりました」

「先生が、二、三日ゆっくりしてから帰りなさいといったのに、友人の宮口麻美という女が、仕事があるのですぐ帰るといって、タクシーを呼んだんですね」

「ええ。私は、極力、止めたんですよ。タクシーで草津までゆられていくのは、危険だといったんです。案《あん》の定《じょう》でしたよ」

と、田口医師は、いった。

「何の仕事だったんですかねえ」

と、亀井が、首をかしげた。

草津温泉で、深井みゆきの家は、土産物店をやっている。一人娘の彼女は、店の仕事を手伝っていたのか？　美人だから、看板娘だったのかもしれない。

しかし、両親もいるし、店員もいる。それなのに、なぜ、仕事があるからと友人の宮口麻美は、いったのだろうか?

「先生は、何か知りませんか?」

と、十津川は、きいた。

「仕事のことは知りませんが、お友だちがこんなことをいってましたねえ。深井みゆきという患者ですが、今年、ミス草津に選ばれたそうですよ。なかなか美人だから、ミス草津でも、おかしくはありませんがね」

と、田口は、いう。

「ミス草津にですか。他には」

「それだけですよ」

と、田口は、いった。

十津川と亀井は、田口医師に礼をいって、病院を出ると、タクシーを拾って、草津へ戻ることにした。

「また一日、草津に滞在しなければならなくなったね」

と、十津川は、車の中で、亀井にいった。

「深井みゆきが、急に妊娠中絶の手術を受けた理由が、わかりますね」

「そうだな。ミス草津が、妊娠していたのではおかしいからね。わからないように手術をしてしまおうと考え、わざと、高崎の病院に行ったんだろう」

「しかし、警部。自分が妊娠しているのがわかっていたら、彼女はミス草津に選ばれても、辞退したんじゃありませんかね。今までに調べたところでは、真面目な娘のようですから」

と、亀井が、いった。

「自分が妊娠しているのを知らなかった時に、ミス草津に選ばれたんだろうね。だから、浜口が最初に草津温泉へ行った七月か、八月頃だと思うよ」

「八月といえば――」

「何だい？　カメさん」

「北陽館で、観光案内のパンフレットを見たんです。確か、それに、八月に何か行事があるとありました。手帳に写しておいたんです」

と、亀井はいい、ポケットから、手帳を取り出した。

「ありました。八月上旬に、草津温泉で、温泉まつりが行なわれる。温泉女神（ミス草津）選出、花火大会、盆踊り大会などとあります」

「今年は、深井みゆきが、ミス草津になったんだ。そのあと十月になって、彼女は妊娠しているのを知ったんだろう」

「そうでしょうね。しかしその時点で、なぜあわてて、中絶に高崎まで行ったんでしょうか？　もう八月の温泉まつりは終わっているのに」

と、亀井が、首をかしげる。

「彼女は、美人だよ」

「ええ。だからミス草津に選ばれたんだと思いますが」

「あの写真を見ると、カメラ写りがいい」

「ええ」

「今はどこの観光地でも、宣伝に大わらわだ」

「そうですね」

「だから、ミス草津になった深井みゆきは、宣伝ポスターなどにしきりに登場していたんじゃないか。それが好評だというので、秋の観光シーズンのポスターにも、彼女は、使われることになった。たぶん、着物姿でね」

と、十津川は、いった。

「草津温泉の顔になったわけですね」

「その草津の顔が、妊娠していたのではうまくない。何しろ、ミス草津だからね。その上、浜口は、卑怯《ひきょう》にも、妊娠を知って十万円送金しただけで、逃げ出した。彼女としてはそのこともあって、中絶を決心させたんじゃないのかな」

「一緒に病院に行った友人の宮口麻美が、仕事があるからと、強引にタクシーで草津へ帰らせようとした理由は、何だと思いますか？」

と、亀井が、きく。

「だから、今もいったように、深井みゆきの宣伝ポスターが好評で、秋の観光シーズンになっても、彼女はいろいろな行事に引っ張り出されていたんだと思う。十月二十七日に、手術を受けた直後にも、みゆきが出席する行事があった。それで、一刻も早く草津へ戻ることを考えたんじゃないかね」

と、十津川は、いった。

「深井みゆきの宣伝ポスターが好評だったとすると、一枚ぐらいは眼にしてもいいはずですが、草津温泉に行ってから、全く見ていませんよ」

と、亀井が、いった。

「モデルの深井みゆきが、あんな死に方をしてしまった。それで草津の人たちは、彼女の死に、自分たちも責任があると感じているのかもしれない。だから、深井みゆきが写っているポスターは、全部回収してしまったし、われわれが見せた写真の中の彼女について、知らないといっていたんだと思うよ」

と、十津川は、いった。

「何とか、彼女の写っているポスターが、一枚欲しいですね。もし見つかれば、われわれの考えの正しさが証明できますからね」

と、亀井は、いった。

「われわれ刑事が、草津温泉街を歩き廻って、見せてくれといっても、誰も見せてはくれないだろうね」

「そうでしょうね。全て回収して、処分してしまっているかもしれませんね」

「ひょっとすると、東京に残っているかもしれないな」

と、十津川は、いった。

「東京――ですか？」

「ああ。宣伝ポスターだとすれば、草津温泉に貼《は》っておくより、観光客を呼びたい場所、草津に近くて一千万以上の人間のいる東京に、貼っておいた方が効果があるからね」

と、十津川は、いった。

「そういえば、デパートなんかで、有名温泉地の宣伝をやっていたことがありますよ」

と、亀井も、いった。

十津川は、携帯電話を取り出して、捜査本部にいる西本にかけ、宣伝ポスターの話を伝えた。

「例の女性が、モデルになっている宣伝ポスターだ。何とか、見つけてくれ」

と、十津川は、いった。

8

二人は、草津温泉に戻ると、再び北陽館に入った。おかみも仲居も、表面上は笑顔で「お帰りなさい」と迎えてくれたが、本心は当惑していると、十津川にも容易に想像がついた。

だが草津の温泉街では、他の旅館に泊まっても同じことだろう。ここでは、刑事だということは知れわたっているし、何をしに草津温泉に来たかも、この町の全員が知っているに違いなかったからである。

「われわれは、ここでは嫌われ者ですね」

と、亀井は部屋に入ってから、十津川にいった。

「仕方がないさ。少なくとも、幸せの使者じゃないのは、確かだからね」

「これから、どうしますか？　早速、宮口麻美という女を見つけ出して、今回の事件にどう関係しているのか、きいてみますか？」

「いや、もう少し、様子を見てみよう。宮口麻美が、十一月五日に浜口を殺したという証拠はないんだし、深井みゆきが宣伝ポスターになったかどうかだって、まだ推理の域を出ていないんだ。ポスターが実在するとわかってから、動いた方がいいだろう」

と、十津川は、いった。

「東京で、そのポスターが見つかるといいんですが、それまで何をしていたらいいですか？」

「カメさんは町役場へ行って、宮口麻美という女の住民票があるかどうか、まず確認して来てくれないか。私は、ぶらぶら歩いて、この町の様子を見て来る」

と、十津川は、いった。

翌日、亀井が町役場に出かけ、十津川は、丹前に旅館の下駄《げた》という恰好で、散歩することにした。

今日は風がないので、太陽が出ていると意外に暖かい。

十津川は、質問はしないことにして、ただ土産物店をのぞいたり、西の河原あたりをぶらぶら歩く。

眼が合うと顔をそむける者もいるし、店の奥からじっと十津川を見ている眼もある。平気で十津川を見るのは、観光客だった。

時々喫茶店を見つけて中に入り、コーヒーを注文して、黙って窓の外を眺める。ただ耳だけは大きく広げて、店のマスターやウェイトレスの話し声を聞いた。

だが十津川を見ると、みんないい合わせたように黙ってしまうのである。

急に、袂《たもと》に入れている携帯電話が鳴った。取り出して、受信ボタンを押す。

「西本です」

という若い声が、聞こえた。

「ポスターは見つかったのか？」

「ええ。見つかりましたよ。八月末にKデパートで開かれた草津温泉まつりの時、会場に貼られていたものだそうで、Kデパートの人が一枚持っているのを、借りて来ました」

「深井みゆきが写っているか？」

「大きく、写っていますよ。着物姿で、ミス草津と、なっています。すぐFAXで送ります」

「ちょっと待ってくれ」

と、十津川は、いった。

今、旅館のFAXに送れば、当然おかみや仲居が見るだろう。

（かえって、その方がいいかもしれないな）

と、十津川は思い、電話に向かって、

「すぐ送ってくれ。三枚欲しいな」

「三枚ですか？　警部とカメさんに一枚ずつとして、あと一枚は？」

「いいから、三枚欲しいんだ」

と、十津川は、いった。

十津川は、わざとゆっくり、北陽館に戻った。

亀井がすでに帰っていて、部屋で一緒になると、

「今、仲居が、東京からFAXが届いたと、これを持って来てくれましたよ」

と、草津温泉のポスター二枚を、十津川に見せた。

FAXで受信しているから、シロクロで画像が粗《あら》いが、間違いなくそこに大きく写

っているのは、深井みゆきだった。

「これ二枚か？」

と、十津川が、きいた。

「同じものだから、二枚でいいんじゃありませんか」

「実は、わざと三枚、送らせたんだ」

「すると、三枚目は？」

「ここのおかみか、仲居が、持ち去ったんだろう」

と、十津川は、いった。

「何のためにですか？」

「この町の有力者たちに見せて、警察がこのポスターも手に入れたことを、知らせるためだろう。カメさんの方は、どうだ？」

「間違いなく、宮口麻美という女は、この町に住んでいます。深井みゆきとは同年齢です」

「この町のどの辺に住んでいるんだ？　仕事は？」

「彼女、驚いたことに町役場に勤めています」

と、亀井は、いった。

「じゃあ、顔を見て来たのか？」

「ええ、見てきました。彼女もなかなかの美人ですよ。草津の温泉に入ると、美人が生まれるんですかね」

と、亀井は、笑った。

「草津町役場の職員か」

と、十津川は呟いてから、

「ひょっとすると宮口麻美は、町役場の職員の一人として、東京のデパートで開かれた草津温泉まつりの催し物の仕事を、担当していたのかもしれないな」

「それは、考えられますね」

「その催しも、ポスターも、好評だった。それで町役場としては、草津温泉により多く観光客を呼ぶために、この線をより強力に推《お》し進めることにしたんじゃないかな。当然、ポスター・モデルをしていた深井みゆきも、忙しくなってくる」

「草津温泉の期待を背負ったわけですね。深井みゆきも、宮口麻美も」

「そうなるね。だから、深井みゆきはひそかに中絶をしようとし、宮口麻美は手術直後のみゆきを、無理してタクシーに乗せて、草津へ戻ろうとしたんじゃないかな、たぶん、翌日、ミス草津の深井みゆきが出席する何かの催しがあったんだろうね。草津温泉の観光にとって、大事なイベントだったんだと思うね」

と、十津川は、いった。

「それ、当たっていると思いますよ」

と、亀井は眼を輝かせて、いった。

とたんに、十津川の顔色が変わって、

「当たっていれば、宮口麻美は、逃げ出すかもしれないぞ」

と、いった。

9

二人は、旅館を飛び出した。

十津川はすぐタクシーを拾って、ＪＲ長野原草津口駅へ向かい、亀井は町役場に向かった。

タクシーに乗っている十津川の携帯に、その亀井から電話が入った。

「町役場に、宮口麻美の姿は見えません。早退しています」

と、亀井は、急《せ》き込んだ調子でいう。

「彼女の顔の特徴をいってくれ」

「色白で、丸顔。ぱっと見たときに、眼の大きさが印象に残ります。タレントのN子に似ていますね。身長は、一六〇センチ前後です」

と、亀井は、いった。

「わかった。カメさんも、こっちへ来てくれ。宮口麻美が逃げるとしたら、JR長野原草津口駅からだろうからね」

と、十津川は、いった。

「タクシーで、直接、高崎へ出ませんか？」

と、亀井が、きく。

「それも考えたが、無いと思ったよ。彼女は、高崎には嫌な思い出があるからね。本能的に、そのルートは避けるはずだ」

と、十津川は、いった。

「わかりました。すぐ、私も、そちらへ行きます」

と、亀井は、いった。

十津川の乗ったタクシーが、JR長野原草津口駅に着いた。

真新しい駅舎に、人影はまばらだった。

十津川は、入場券を買って、改札口を通った。

コートの襟《えり》を立て、ホームのベンチに腰を下ろす。ホームには、列車を待つ乗客が、数人しかいなかった。その中に、宮口麻美と思われる女の姿は、ない。

彼女はすでに、ここ発の列車に乗って、草津から出てしまったのだろうか？

だが、町役場から直接この駅には来なかったろうと、十津川は思う。若い女なのだ。いったん自宅に帰り、仕度をしてから、この駅に向かうはずだ。

それに、この駅を出発して東京方面に向かう列車は、一時間に一本くらいしかない。特急列車に限れば、四時間に一本である。臨時列車を入れても、二時間に一本だ。

十津川は、じっと待った。

草津温泉からバスが着いたらしく、一人、二人と、乗客がホームに入ってきた。

中年や老人が多い。が、その中に、若い女がひとり、混じっていた。

白いハーフコートを羽おり、サングラスをかけ、ショルダーバッグを肩から下げている。

身長は、一六〇センチぐらい。色白で丸顔だが、サングラスのせいで、顔がよくわからなかった。

十津川は、じっと待った。

女が、新聞を買った。それを読むために、濃いサングラスを外した。

印象に残る大きな眼だった。

十津川が見ているのに気付かず、新聞に眼を通しているのは、事件の動きが気になるからだろう。

間もなく、上りの列車が来る。

十津川はベンチから腰を上げ、彼女に近づいて行った。

傍へ寄って、

「宮口麻美さんですね？」

と、声をかけた。

はっとして顔をあげた相手に向かって、十津川は警察手帳を示した。

「お聞きしたいことがあるので、一緒に来てもらいます」

「――」

宮口麻美は、呆然とした顔で、黙っていた。

その時、亀井がホームに駆け込んできた。

十津川は、彼に向かって手をあげてから、小声で、

「カメさん。麻美に間違いないね？」

と、聞いた。

亀井が、肯く。

十津川と亀井は、彼女を駅前の派出所へ連れて行った。

そこにいた警官に奥の部屋を借り、十津川と亀井が、宮口麻美と向かい合った。

麻美は下を向いたまま、黙りこくっている。十津川は、その麻美に話しかけた。

「私はね、男と女、どちらが悪いと決めつけたことはないが、今度の事件については、全く男の方が悪いと思っている。死者に鞭《むち》打つ気はないが、殺された浜口が、自分で殺される原因を作ってしまったと、私は思う。しかし、だからといって、犯人を見逃すわけにはいかないんだよ。出来れば、自首したという形をとって、この事件の決着をつけたい。その気持ちを、わかってほしいのだ」

「何のことか、わかりませんけど」

と、麻美は顔をあげて、いった。

十津川の顔が、暗くなる。

「困ったな」

「――――」

「よく聞いてほしい。君が何も知らないといえば、私たちは群馬県警に協力してもらって、草津温泉にいる全ての人たちを、徹底的に調べなければならなくなる。深井みゆきが死んだ前後のことは特にだ。そうすれば、マスコミだって押しかけてくる。それでよければ構わないが、君だってそれは本意ではないはずだよ」

と、十津川は、いった。

麻美の表情が重くなった。そのまま押し黙って、何か考えている。

十津川は、わざと口をつぐんで、待った。

重苦しい時間が過ぎていく。十津川は、麻美に、進んで告白してほしかったのだ。それなら、彼女が自首してきたことに出来るからだった。

「あの——」

と、麻美が沈黙に耐え切れなくなって、口を開いた。

「何だね？」

と、十津川は、応じた。

「私は、あの草津で生まれました。あの町が好きなんです」

と、麻美は、いった。

「わかるよ。いい町だ」

「マスコミがよってたかって、あの町をめちゃめちゃにするのはいやなんです」

「それは、君の態度次第だよ。君が本当のことを話してくれなければ、今いったように、私たちは群馬県警と、草津の人たちの一人一人を訊問《じんもん》しなければならない。刑事たちが何人も、あの温泉町を歩き廻ることになるんだ。観光客は、気味悪がって、来なくなるだろう。代わって、マスコミが押しかけてくるよ」

「そんなことは許せません」

「じゃあ、正直に話してほしい」

と、十津川は、いった。

「何から話したらいいんですか？」

と、麻美が、いう。

「君が今度の事件に関係したところから、始めてくれ」

と、十津川は、いった。

麻美は、前に置かれたお茶を一口飲んでから、

「今年の八月の温泉まつりは、いつも以上にみんな力を入れました。観光客をもっと呼びたかったからです。私は上司とその観光客誘致運動を担当していました。旅館の人たちも、土産物店の人たちも、一生懸命でした。ミス草津に友だちの深井みゆきが選ばれると、彼女をモデルにして、何枚も草津温泉の宣伝ポスターを作りました。彼

女の美しさのおかげで、好評でした」

「私もその一枚を見たが、いいポスターだったよ」

と、十津川は、いった。

「それで彼女を、温泉まつりの時だけでなく、草津温泉のイメージ・ガールとして、秋、冬のシーズンの宣伝ポスターも作ることにしたんです。彼女も、草津が好きだから、すすんで協力してくれることになりました。東京のKデパートで草津温泉まつりを計画したときも、彼女は東京に行ってくれましたわ」

「そして君は突然、深井みゆきから妊娠していることを知らされたんだね？」

10

「みゆきも最初は、気付いていなかったんです。変調に気付いて診てもらったら、三カ月になっていたといいました。みゆきは、相手の男は東京の人間で、今でも時々電話をしているといいました。私は困りましたけど、彼女がその東京の男を愛しているのなら、仕方がないと思いました。幸福な結婚をしてくれれば、嬉《うれ》しいと思ったんです。彼女は今も浜口というその男を愛しているし、彼も愛してくれているといいました。ところが彼女が東京に電話して、妊娠したことを告げると、彼の態度が豹変《ひょうへん》したんです」

「子供を堕ろせといって、十万円送って来たんだね？」

「ええ。みゆきにとっては、ひどいショックだったと思います。私はどう慰めていいか、わからなくて。そのうちに彼女は、自分で立ち直ったんです。彼女は送られてきた十万円を送り返し、自分で中絶するといったんです。両親にも、周囲の人間にも、知られずに」

「それで君は、高崎の田口医師のところへ、連れて行った」

「ええ。高崎なら、誰にもわからないと思ってです」

「だが、そこで、彼女は亡くなった」

「ええ。あれは、私がいけないんです」

　麻美は、声を落として、いった。

「十月二十七日に手術をして、医者が二、三日休んでから帰れといったのに、君はタクシーを呼んで、すぐ草津に帰ることにしたんだね？」

「ええ。でも、これは言い訳じゃありません。私よりみゆきが、もう大丈夫だから今日中に草津に戻ると、いったんです」

「何か、大事なことが、草津に待っていたんだね？」

と、十津川は、きいた。

「ええ。翌日の二十八日に、草津で、日本温泉会議が開かれることになっていて、イメージ・ガールのみゆきが、挨拶することになっていたんです」

「やはりね」

「みゆきは、浜口のことは、きっぱり忘れて、草津温泉のイメージアップと、観光客誘致のために、働きたいといってくれました。自分でその決意をしていたので、すぐ草津へ戻りたいと、いったんだと思います」

と、麻美は、いった。

「彼女は死に、君は、浜口という男が許せなくなったんだね？」

と、十津川は、きいた。

「ええ。絶対に許せないと、思いました」

「それで、東京に殺しに行ったのか？」

と、亀井が、きいた。

「最初は、浜口を殺すことまでは、考えていませんでした。嘘じゃありません。とにかく、みゆきに対して、謝ってもらいたかったんです」

と、麻美は、いった。

「続けなさい」

と、十津川は、いった。

「みゆきの葬儀が終わってから、私は東京に行き、浜口に会いました。彼女が亡くなったことを告げれば、冷たかった男でも、きっと、申しわけなかったと謝ってくれるだろうと思ったんです。でも浜口は、ただ、そうなのといっただけでした。それどころか、急に浴槽にお湯を入れ始めたんです。そして、十月に草津へ行ったときに買ったんだといって、湯の花を浴槽に入れたんです」

「何のために、彼はそんなことをしたんだね？」

と、亀井が、きいた。

「楽しそうに、湯の花を溶かし込みながら、私に向かって、一緒に入れよと、いうんです」

と、麻美は、いった。

「ひどい話だな。深井みゆきが死んだことで、全く傷ついていなかったんだな」

亀井が、腹立たしげに、いった。

「私も、そう思いました。改めて、こんな男のせいで、みゆきが亡くなってしまったなんて、と腹が立って来たんです」

　と、麻美は、いった。

「それで、君は、かっとして、浜口を殺したのか？」

　と、十津川が、きいた。

「いいえ。不思議に、かっとはしませんでした。むしろ冷静になって、こんな男は死んだ方がいいんだと、思いました」

　と、麻美は、いった。

「そして、ベランダへ連れ出して、突き落としたのか？」

　と、十津川はきいたが、すぐ自分で、

「いや、違うな。遺書のことがある。君は浜口に、どうやってあの遺書を書かせたんだ？　ぜひ、それを知りたいね。筆跡鑑定では、あれは浜口本人の書いたものだという結果が出ている」

「違います」

　と、麻美は、いった。

「違うって、何が違うんだ？」

「正確にいえば、あれは、私が書いたものなんです」

「しかし、筆跡鑑定では——」

「私は、何とか、浜口に遺書を書かせて、自殺に見せかけて、殺してやろうと思ったんです。でも、遺書なんか、なかなか書かせられません」

「そうだろうね」

「それで、考え方を変えたんです。精一杯浜口に甘えて、今日は泊まるつもりでやって来たから、可愛がってと、いいました。浜口は、ニヤニヤしてました。でも、いざとなって、裏切られるのは嫌だといいました。どうしたら満足するんだというから、愛の誓いを書いてくれと、私はいいました。浜口は笑いながら、便箋を取り出し、ボールペンで、私のいう通りに書き始めました。そんなものは、どうせ、いざとなれば守る気はないから、笑っていたんでしょうね。私は、彼が書く文字を見ながら、どれだけの字があれば遺書になるだろうかと、計算していたんです。『私は、君が好きだ。もし、裏切ったら、死んでしまってもいい。もし、子供が出来たら、その責任を取る——』と、便箋に一枚分ほど喋って、それを浜口に書かせたんです。そのあと、十一月五日、浜口功と、書かせました」

「愛の誓いか」

「そのあとで、ベランダに連れ出し、草津はどっちの方向かしらと聞き、浜口が指さして教えてくれているとき、いきなり突き落として、殺したんです」

と、麻美は、いった。麻美は続けて、

「それから、遺書の作成に取りかかったんです。幸い、便箋の用紙が薄いので、重ねると、下の便箋に書いた字が、すけて見えるんです。それを、一字一字、なぞっていきました。遺書に必要な字だけね。まるで、活字でも拾うみたいに、浜口が書いた愛の誓いの中の字を、拾っていきました。四字拾ったり、一字だけ拾ったりしながら、遺書を作りあげたんです。時間がずいぶんかかりました」

「活字を拾うようにして、遺書を作ったか」

と、十津川は、感心したような表情になった。

「私のいいたいことは、これで、終わりです」

と、麻美は、いった。

「われわれが草津温泉にやって来て、あれこれ調べ始めた時は、どんな気持ちだったね？」

と、亀井が、きいた。

「やっぱり警察の人がやって来たかと、思いました」

と、いったあと、強い眼で十津川を見て、

「刑事さんは、草津の町にとってマイナスになるようなことはしないと、約束してくれましたね？」

「ああ、約束した」

「それを守って下さいますね？」

と、麻美が、きいた。

十津川は、肯いて、

「もちろん、約束は守るよ。君が、自白してくれたんだからね。こうしよう。深井みゆきは東京からやってきた浜口を好きになった。が、裏切られ、そのことから身体を悪くして、十月二十七日、死亡した。彼女がミス草津になったことも、宣伝ポスターのモデルになったことも、関係ない。彼女の死は、あくまでも、個人的な男と女の関係がもたらしたものだった」

「はい」

「別に、嘘はない」

「ええ」

「その深井みゆきの、君は親友だった」

「はい」

「君は、親友の死を悲しみ、男のやり方に、猛烈に腹が立った。君は、せめて、男の謝罪の言葉を聞きたいと、東京の男の家を訪ねた。ところが浜口は、君から深井みゆきが亡くなったと聞いても、へらへらと笑っていた。君はその態度にかっとして、男をベランダに誘い出し、油断を見すまして、突き落とした。そのあと君は、自殺に見せかけようと思い、遺書を作って、マンションに置いておいた」

「ええ」

「これが、今度の事件の全てだ。君は覚悟を決め、自首することにした」

「――――」

「君は、どちらにするね」

と、十津川は、きいた。

「どちらって？」

「今度の事件は、警視庁が捜査している。だから東京で自首してもいいし、ここの長野原警察署に自首してもいい。どちらにするね？」

と、十津川は、きいた。

麻美は、ちょっと考えてから、

「出来れば、草津から離れたところで、自首したいと思います」

「それなら、東京だな。君は、東京へ行って自首しようと、町役場を早退したんだ」

と、十津川は、いった。

「ありがとうございます」

「私たちは次の特急列車で東京へ帰るから、君もそれに乗りなさい」

と、十津川はいってから、急に笑顔になって、

「カメさん」

「はい」

「カメさんも、それで、いいだろう？」

「十分です」

「じゃあ、時刻表で、次に出る上りの特急の時間を調べてくれ」

と、十津川は、いった。

極楽行最終列車

1

一生に一度、お参りしないと極楽に行けないといわれるのが、長野の善光寺である。それだけ善光寺の人気が高いということだろう。宗教は宗派性の強いものだが、善光寺は何派にも属さず、善男善女が集って来る。

別にそんな善光寺に憧れたわけではなかったが、写真家の小田《おだ》は、新宿で飲んでいる中に、急に善光寺へ行ってみたくなった。

小田は、気まぐれな男と自認している。だからいつでもカメラを持ち歩いている。ふらっと出かけて行ってそこで撮った写真に、意外にいい作品があったりするからである。

「これから善光寺へ行ってくる」

と小田がいうと、顔馴染《なじ》みのママは呆《あき》れ顔で、

「これからって、もうじき十一時よ」

「まだまだ列車はあるんだ。最終列車で極楽へ行って来るぞ！」

グラスに残っていたウイスキーをいっきに呑み干してから、小田はその店を飛び出した。

確か夜の十二時近くに、善光寺のある長野行の列車があったと思っていたが、思い違いかも知れない。

わからないが、とにかく小田は、新宿駅から山手線に乗って上野に向った。

まだ梅雨に入ったばかりで、今夜もどんよりと曇っている。

上野に着いたのが十一時半である。

すぐ中央改札口に行ってみると、予想した通り長野へ行く列車がまだあった。

二三時五八分発の急行「妙高」である。

そのあとに季節列車として、〇時二二分発の急行「信州51号」というのがあるが、この列車は七月二十六日以降しか出ないから、今日七月八日は「妙高」が最終列車で

ある。

小田は切符を買って、改札口を通った。

8番線から出発する急行「妙高」は、すでに入線していた。

ウイークデイのせいか、ホームに人の姿はまばらだった。

急行「妙高」は九両編成の電車急行である。グリーン車はついていない。

1号車から6号車までは、日本海側の直江津《なおえつ》まで行く。7号車から9号車までは、長野止まりである。この中、1号車から3号車までが指定席で、あとの六両は自由席になっている。

この列車に乗るのは初めてだが、前に、あれが長野行の急行「妙高」かと思って見たことがあるのだが、その時は確か、電気機関車に牽引《けんいん》された寝台急行だった。ブルーの寝台車が夢を誘ったものである。

それが味もそっけもない、ツートンカラーの電車になってしまっている。「急行」の表示はあるが、もちろんヘッドマークはついていない。

最初はホームを歩いていて、何気なく6号車に乗り込んだのだが、座席に腰を下してから禁煙車両であることに気がついて、あわてて隣りの5号車に移った。

どうも最近は、禁煙車だとか禁煙コーナーだとか、ヘヴィスモーカーの小田にとっては嫌な時代になりつつある。

車内はがらがらだった。観光シーズンになれば、長野方面行の最終列車だから一杯の乗客になるのだろう。

出発近くになって、急に5号車に五、六人の集団が乗り込んで来た。

小田は煙草をくゆらしながら、彼等を見ていた。

眼で数えると、男が四人に女が二人の六人である。

年齢はまちまちだったが、小田が彼等に注目したのは、何となく妙なグループに見えたからである。

その六人は明らかに同じ仲間なのに、腰を下してからお互いに黙りこくっている。

普通は旅に出る時は、気持がはずんでお喋《しゃべ》りになるものだろう。それなのに彼等は、いい合せたように静まり返っている。

(妙な連中だな)

と小田は思った。

能面みたいに無表情な顔つきだった。

ヤジ馬根性の強い小田は、こうなるといやでも彼等を写真に撮りたくなってくる。

自分の身体でカメラをかくすようにして、速写で五枚ばかり撮った。

彼等の一人が気がついて、じっと小田を見つめた。

列車が上野を発車した。

2

急行のいいところは、窓が開くことである。

小田は窓を小さく開けた。湿っぽいが、それでも夜の風が入って来て、気持がいい。

上野を出ると、大宮（〇時二六分）、上尾《あげお》（〇時三六分）、桶川《おけがわ》（〇時四一分）と停車していく。

（失敗《しま》ったな）

と思ったのは、腹がへったのを感じたからである。

この急行「妙高」には食堂車がついていないし、車内販売が来そうにもない。その上、長野に着くのは午前五時前である。

（参ったな）

と思った。

要領よく駅弁や菓子パンなどを買い込んで来ていて、座席でぱくついている乗客もいる。

腹がすくと眠れなくなる。

小田は自然に、車内を見廻すことが多くなった。

例の妙な連中が、いやでも視野に入ってくる。

相変らず無表情である。眠る気配もない。

男はだいたい背広を着ているが、一人、ブルゾン姿の若者もいる。女も含めてだが、全体に地味な感じだった。

（どういうグループなのだろう？）

と小田は考えた。

何かの宗教グループなのかと思ったが、それにしても、黙りこくっている理由がわからないし、不気味にも見える。

どの顔も変に緊張しているようだ。なぜ、旅に出ているのに、あんなに面白くないような顔つきをしているのだろう。

横川では碓氷《うすい》峠を登るので、ＥＦ６３型電気機関車二両が連結される。

次の軽井沢で外されるのだが、軽井沢では九分と停車時間があるので、小田は深夜のホームに降りて、ＥＦ６３型機関車を写真に撮ったりした。

座席がかたいので、乗客の中には眠れなく、ホームに降りて来て深呼吸をしたり、伸びをしたりしている者もいたが、あの連中は誰もホームに出て来なかった。

窓ガラス越しに5号車の車内をのぞくと、彼等は一人も眠っていなかった。相変らずお喋りもしていない。

(おかしな連中だな)

と思った。

旅に出ているという感じではない。

(まるで、葬式に参列してるみたいな顔をしてるじゃないか)

ひとりでいるのなら、失恋の痛みを旅で癒《い》やそうとしているのかと、ロマンチックに考えるのだが、六人も一緒だと、そんな風には考えにくい。

ホームから窓ガラス越しにシャッターを切ったとたん、一番近くにいた彼等の一人が、きっとした眼で睨《にら》み返した。

三十歳ぐらいのがっちりした身体つきの男だったが、怖い眼だった。

絡まれたら、相手は六人である。あわてて小田は視線をそらせ、構内の写真を何枚か写した。

九分間の停車のあと、「妙高」は軽井沢を出発した。

三時〇五分である。

小田はもう眠れなかった。長野まであと一時間四十分足らずだし、今、小田のいる5号車は長野が終点ではなく、直江津行だから、眠っていたら直江津まで連れていかれてしまうかも知れなかったからである。

小諸《こもろ》、上田と停車して、長野に着いたのは午前四時四四分である。

ホームは蛍光灯で明るいが、まだ空は暗い。

小田がホームに降りると、例のグループもぞろぞろ降りて来た。

（連中も長野に来たのか）

と小田は思いながら、改札口を通り、まだ暗い町に出た。

連中もぞろぞろと改札口を出て、町の中に姿を消して行った。

その頃になって、やっと陽が昇り始めた。

駅前からは善光寺行のバスも出ているし、長野電鉄という私鉄も走っているが、午前五時という時間では、まだ始発も動き出していなかった。

駅前の食堂も閉まっている。

小田は空腹でたまらない。駅前を探して、やっと二十四時間営業のスナックを見つけて入ると、驚いたことにあの連中が先に来ていた。

考えてみれば、彼等も車中で食事をしている様子がなかったから、空腹に耐えかねてこのスナックを探したのだろう。

(能面みたいな顔をしていたが、こいつらも人並みに腹が減るのか)

と思うと、小田は何となくおかしくなって、テーブルに着いてから笑ってしまった。

大盛りのライスカレーを注文した。それを食べて店を出る時も、彼等はまだ店の奥にかたまっていた。

まだ六時になっていなかった。

朝日が、善光寺を模《も》して造られた長野駅に当っていた。

駅前の広場はひっそりと静かである。バスも動いていない。わずかにタクシーだけが動き廻っているだけである。

六時一五分に長野電鉄の始発が出る。

小田はそれに乗る気になって、長野電鉄の地下駅へ降りて行った。

長野電鉄は長野駅から温泉で有名な湯田中《ゆだなか》へ行くが、善光寺下までは地下鉄になっている。昭和五十六年に地下に移したばかりだから、駅は真新しい。

小田が地下ホームの写真を撮っていると、そのファインダーの中に、あの連中の姿が入って来た。

（またか）

と思いながら、小田はシャッターを押した。興味のある被写体ではないが、こうなると意地みたいなものである。

向うもきっと小田を見つけて、またかと思っているに違いない。

長野から三つ目の善光寺下で降りた。

あの連中も同じところで降りた。

時間が早いので、参道の両側に軒を並べている土産物店はまだ閉まっている。参詣《さんけい》の人の姿も少い。

そんな中を歩くのも、気持のいいものである。

例の六人組も、相変らず黙って、ひとかたまりになって参道を歩いていた。

小田は時々立ち止まって写真を撮っているので、六人グループの方が先に行ってしまった。

善光寺には有名な戒壇めぐりがある。

ご本尊を安置してある本堂の地下に、板敷きの回廊がある。灯がないので真っ暗である。その回廊を手探りで歩いて巡り、極楽へ行けるという鍵に触ると、極楽往生がとげられるというのである。

小田も地下の回廊へ階段をおりてみた。

本当に真っ暗である。ふうっと小さく息を吐いてから、そろそろ歩いて行った。

突然、誰かにぶつかった。

「失礼」

と反射的にいった瞬間、後頭部を殴られた。

強烈な一撃だった。

頭がくらくらして、思わずその場にうずくまり、手で頭をおさえた。

第二撃がきた。

頭をおさえた右手がしびれて、持っていたカメラを落としてしまった。

近くにいる人間の気配が消えた。が同時にカメラも消えていた。両手でいくら床をまさぐっても、カメラが見つからないのだ。

小田は頭を抱えて、地下から上に出た。

急に明るくなったのと頭が痛いのとで、小田はめまいを覚えた。

「どうなさったんですか?」

と寺の人が心配そうにきいた。

気がつくと、頭から血が流れていた。右手の掌にべったりと血がついている。

「今、どんな人が出て来たか、教えて下さい」

小田は頭の痛いのをこらえながら、相手にきいた。

「何があったんです？」

「下で殴られて、カメラを盗まれたんですよ」

「本当ですか？」

「だから、今どんな人間が出て来たか、教えて貰いたいんですよ。そいつが僕を殴って、カメラを奪ったんです」

「申しわけないんですが、見ていなかったんですよ」

「そうですか――」

「手当てをしますから、こっちへ来て下さい」

と相手はいった。

3

小田は寺務所で傷の手当てを受けたが、その途中でカメラが届けられた。

参道の途中に落ちていたのを参詣人が見つけて、寺務所に届けたのである。

「あなたのカメラですか？」

と寺の人がきいた。

「そうです。僕のカメラです」

小田は受け取ってから、中のフィルムを調べてみたが、見事になくなっていた。

彼を殴った人間が、フィルムを盗んだのだ。

「警察に知らせた方がいいですか？」

寺の人がきいた。

（どうしようか？）

と小田は迷った。

警察に知らせたら、多分警官がやって来て、あれこれ質問されるだろう。小田は警察に友人もいるが、質問されるのは苦手である。

それに地下の回廊は真っ暗で、相手の顔も身体つきもわからなかった。きかれても答えられないのだ。

カメラの中のフィルムは抜き取られてしまったが、その前に撮った二本のフィルムは、ポケットの中に入れておいて無事だった。

「カメラも戻って来ましたから、警察にはいわないでおいて下さい」

と小田はいった。

一時間ほど寺務所で休ませて貰《もら》ってから、小田は帰ることにした。血はすぐ止まったし、傷も浅いものだった。

参道沿いの店はもう開いていた。その中にそば店があるのを見つけて、小田は入って行き、ざるそばを注文した。

そばが来るまでの間、小田は煙草に火をつけて、犯人について考えてみた。

一番先に頭に浮んだのは、あの六人のグループだった。

小田がカメラを向けた時、きっと睨むように見た顔を思い出した。

彼等が写真に撮られたのを怒って、本堂下の暗い回廊で小田を襲ったのだろうか？

真っ暗だったが、あの闇《やみ》の中にしばらくじっとしていて、眼をなれさせていたのではないか。

そばを食べてから、小田は湯田中温泉へ行ってみることにした。

長野電鉄で湯田中で降りる。若い観光客はここからバスで志賀高原へ向うが、小田は駅近くの温泉旅館に泊ることにした。

温泉に入り、夕食をとりながら夕刊を広げた。

旅行先でその地方の新聞を読むのが、小田は好きだった。東京の新聞にはのらないような、特色のある記事が出ているからである。

だが今日は、他の事件の記事の方に、小田は引きつけられた。

〈特急「妙高」の車内で殺人〉

の見出しにぶつかったからである。

小田の乗った列車ではないか。

小田は食事を途中でやめてしまって、その記事を読んだ。

急行「妙高」は終着の直江津に、七時三八分に着く。

長野で三両が切り離されるので、直江津に着くのは六両である。

乗客が降りてしまってから、車掌が各車両を廻って歩いた。

5号車まで来た時、女の乗客が一人、座席で眠っているのを見つけた。夜行なので、疲れて眠っているのだと思い、車掌は身体をゆすって起こそうとした。

その時になって初めて、車掌はその乗客が死んでいるのに気が付いた。あわてて警察に連絡がとられた。

医者も呼ばれた。が駆けつけた医者は、その乗客の死を確認しただけだった。

死因はのどを圧迫されたための窒息死である。

警察は殺人事件として、身元の確認と犯人の捜査に全力をつくすと発表している。

被害者の女性については、次のように書いている。

年齢二十七、八歳。身長一六五センチ、細面で美人、服装は白のワンピース、白の帽子をかぶり、うすいサングラスをかけていた。

小田は彼女を記憶していた。

急行「妙高」の乗客の中では目立つ女だったし、同じ5号車だったからである。

昨日の夜中、小田が上野駅のホームに入って行った時、彼女はホームに立っていた。スタイルのいいこともあったが、白い庇《ひさし》の深い帽子をかぶっていたので、小田はよく覚えているのだ。

最近、帽子をかぶる人が増えたといっても、帽子をかぶっていれば目立つ。いい被写体だと思って何枚か撮った。

5号車に入ってからは、得体の知れない六人のグループの方に気をとられてしまったし、問題の女は彼等の向う側に腰を下していたので、見えなくなっていた。

長野で降りる時は、彼女がホームに降りていたのを覚えている。

小田が改札を出て振り返ると、彼女がまた電車に乗り込もうとしていた。それも覚えている。

(ああ、彼女はもっと先に行くんだな)

とちょっと残念な気がしたものだった。

あの女が殺されてしまった。

ひょっとして、六人の妙なグループが犯人ではないかとも思ったが、彼女がホームに降りていた時、六人は小田と一緒に改札口を出て、町に消えたのである。

小田は食卓を隅に押しやって、ごろりと畳の上に寝転んだ。

天井を見つめて考え込んだ。カメラを片手に旅行に出るのはしょっちゅうだが、そこで殺人事件にぶつかったのは、生れて初めてである。

その上、善光寺でもひどい目にあった。

おかげであの時、鍵に触るのも忘れてしまった。

(極楽往生できなくなったな)

と自然に苦笑いが浮んでくる。

それでも、バーのママに頼まれた善光寺のお札だけは買って来てある。

夜の十一時にはテレビをつけて、ニュースを見た。

事件のその後を知りたかったからである。

身元がわかったとアナウンサーがいったが、どうしてわかったかはいわなかった。運転免許証でも見つかったのかも知れない。

東京都世田谷区経堂が住所で、名前は野中《のなか》ひろ子。年齢二十八歳、銀座のクラブ「よしの」のホステスをしていた女ということだった。

実家は新潟県高田だという。

高田は信越本線で直江津の二つ手前の駅である。

あのまま急行「妙高」に乗って、高田へ行く積りだったのだろうと小田は思った。ところが何者かに車内で絞殺され、降りるべき高田駅を通り過ぎ、終点の直江津で死体で発見されたということになる。

テレビの画面には野中ひろ子の顔写真が出た。

笑顔の写真である。実家は高田というから、駆けつけた家族が持参した写真でであるのだろう。

こういう時、よく笑顔の写真が出るが、ひどく痛ましく思えるものだ。特に、死者が若い時は猶更《なおさら》である。

上野から急行「妙高」に乗った時には、四、五日、気ままな旅行をして来ようと思ったのだが、今は早く東京に帰って、フィルムの現像をしたくなった。

翌日、朝食をすませるとすぐ、小田は旅館を発った。

その日の中に東京の自宅に帰った小田は、さっそく撮って来たフィルムの現像にとりかかった。

途中で電話の鳴る音が何回か聞こえたが、小田は放っておいた。

思った通り、殺された野中ひろ子の写真も五枚、撮っている。

現像が終って現像室を出ると、リビングルームで煙草を吸った。また電話が鳴った。

手を伸ばして受話器を取り、

「もしもし」

と大声を出した。

だが応答がない。といって切れてもいなかった。

(この忙しいのに)

と小田は腹が立った。

「いたずら電話なら、警察にいうぞ!」

「――――」

相手はいぜんとして押し黙っている。小田はわざと乱暴に電話を切った。

一休みしてから、写真の引き伸ばしにかかった。

全部のフィルムを八ツ切に引き伸ばした。

それを机の上に並べた。

また電話が鳴った。舌打ちをしながらも、相手が誰かわからないので受話器を取ると、前と同じ無言だった。

現像中に鳴っていたのも、同じいたずら電話だったのかも知れない。

いたずら電話は初めてではないが、こんなにしつこいのは経験がなかった。

腹が立って、小田は受話器を外して写真の方に注意を向けることにした。

急行「妙高」が長野に着いてからの写真は、フィルムを抜き取られてしまったので、残っていない。

だが、上野駅のホームで撮り始めてから長野に着くまでのものは、無事だった。

上野駅のホームで、野中ひろ子を撮ったものから見ていった。

この女性がもうこの世にいないということが、不思議な気がして仕方がなかった。

上野のホームでは、彼女の写真を三枚、撮っていた。

三枚目の写真をよく見ると、例の六人グループの中の二人が、背後《バック》になっていることに気がついた。

男と女のカップルである。

二人の視線は、じっと野中ひろ子に向けられているのがわかる。

5号車の中で撮った写真には、グループの男女と野中ひろ子が一緒に写っていた。

彼女は窓際に腰を下し、窓の外の闇に眼をやっている。

六人の男たちの方は、険しい眼でカメラを向けた小田を睨み返している者もいれば、無表情な顔もある。

その中に、野中ひろ子を見つめている男もいるのがわかった。美人なので見とれているという顔ではなかった。何か、彼女を盗視しているという眼に見える。

軽井沢のホームに降りて、車内の六人を写したものにも、野中ひろ子が入っていた。

彼女は相変らず物思いにふける顔で、窓の外を見ている。それをじっと見つめている男も、写真には撮れていた。やはりあのグループの一人である。

（野中ひろ子と六人のグループとは、何か関係があったのだろうか？）

小田が5号車に行ったのは、6号車が禁煙車だったからである。

野中ひろ子が5号車にいたのは、5号車が直江津行だったからだろう。

だが、あの六人の連中は長野で降りている。

それなのに5号車に乗っていたのは、そこに野中ひろ子がいたからなのか？

（しかし、連中は長野ですぐ列車をおりて、駅の外に出てしまっている）

と思った。

その時、まだ野中ひろ子は殺されていなかったのだ。

4

小田はどうしても野中ひろ子のことが気になって、その夜、彼女が働いていたという銀座のクラブへ足を運んだ。

普段、小田は殆《ほとん》ど新宿で飲んでいて、銀座にはめったに行ったことがない。

「よしの」という店は電通に近い雑居ビルの三階にあった。

中に入り、彼のテーブルに来た二十五、六のホステスに水割りを注文してから、

「ここにいたホステスが昨日、急行列車の中で殺されたのを知ってる？」

ときいてみた。

こんな事件にはママやマネージャーが箝口令《かんこうれい》を敷いたりすることがあるが、この店ではそれがないらしく、

「知ってるわ。みんなびっくりしてるの」

とホステスは眼を大きくしていった。

「それ、この娘《こ》だね？」

小田は持って来た写真を、三枚ばかり相手に見せた。

「そうよ。この写真、どこで撮ったの？」

「ちょっと拝見」

急にホステスの背後から手が伸びて、彼女の手にしていた写真をつまみあげた。

「何をするんだ！」

小田は思わず大声をあげた。が、そこに立っている男を見て、

「何だ、君か」

と声を和らげた。

学生時代の友人で、警視庁捜査一課の刑事になっている西本だったからである。

「こっちへ来てくれないか」

西本は小声で小田にいった。

小田が立ち上ると、カウンターのところへ連れて行かれた。

そこで四十五、六歳の刑事がマネージャーと話しこんでいたが、西本はその小太りの刑事を、

「おれの先輩の亀井刑事だ」

と小田に紹介した。

柔和な表情をしていたが、ちらっと小田を見た眼は鋭かった。

亀井は問題の写真を見てから、小田に向って、

「話を聞きたいですね」

「偶然なんですよ」

小田は新宿で飲んでから、急に急行「妙高」に乗って善光寺へ行ったことから話した。

乗客の中に目立つ美人がいて、写真に撮ったら、それが殺された野中ひろ子だったこと、妙な六人の男女のグループがいたこと、善光寺の「戒壇めぐり」で殴られて、カメラの中のフィルムを抜き取られたことなどを、思い出しながら話していった。

亀井は黙って聞いていた。

「すると、その六人の写真を撮ったわけですね。ぜひ見せて頂きたいですね」

と亀井はいった。

「家に帰ればありますが、殺人とは関係ありませんよ。妙な連中でしたが、ぼくと一緒に駅を出てしまって、その時は彼女は、ホームで元気だったんですから」

「とにかくあなたの家へ行きましょう」

亀井はせかせるようにいった。

小田は車に乗せられた。覆面パトカーというやつらしい。

「この事件は新潟県警で捜査するんじゃないのか？」

走り出した車の中で、小田は西本に聞いてみた。

「もちろん向うで捜査しているが、被害者が東京の人間なので、こっちで捜査に協力する形になっているんだ」

「容疑者は見つかりそうなのか？」

「いや、まだまださ」

「しかし、被害者の身元は簡単に割れたじゃないか」

「最初はわからなかったらしい。ハンドバッグも見つからなかったし、身元を証明するようなものが何もなかったと、新潟県警ではいっていたからね」

「じゃあ、どうしてわかったんだ？」

「被害者の指紋からだよ」

「指紋？　じゃあ、前科があったのか？」

「まあね」

といったが、西本はどんな前科かを教えてくれなかった。

マンションに着いて、二人の刑事を中へ招じ入れてから、

「そこのテーブルの上にのっているから見て下さい。今、コーヒーをいれます」

と小田はキッチンに足を運んだ。自分でも飲みたかったのだ。

「コーヒーはいいから、こっちへ来てくれ」

とリビングルームで西本が大きな声を出した。

「すぐいれるよ」

「君のいった写真なんか一枚もないぞ！」

「何いってるんだ。五、六枚ある筈だ」

小田は、笑いながらリビングルームに入って行った。

だが、その笑いが途中で消えてしまった。

テーブルの上には写真が並んでいる。が、それは小田の写して来たものではなかった。第一、大きさも違う。ただ善光寺の景色を撮っただけの写真であった。

「違うよ、これは」

と小田は顔色を変えていった。

「違うって、どういうことなんだ？」

と西本がきく。

「おれの撮った写真じゃないんだ。こんな写真は撮ってないよ」

小田はあわててバスルームを改造した現像室に飛び込んだ。

(畜生!)

と思った。ネガまできれいに無くなっているのだ。

5

亀井という刑事は意外に冷静だった。

「こりゃあ、あなたの留守の間にすりかえられたんですよ」

と笑いながらいった。

「しかし、ちゃんとカギをかけておいたんですよ。それに、帰ったときもカギはかかっていた」

「特別な鍵じゃないでしょう? それなら、簡単にあける人間がいますよ」

と亀井はいってから、

「それにしても律儀な泥棒ですね。代りの写真を置いていくというのは」

「下手くそな写真ですよ」

「妙な六人の男女が長野で降りたというのは、本当なんですね？」

「本当ですよ。駅前のスナックでも善光寺行の長野電鉄の電車の中でも、一緒だったんです」

「その六人は、野中ひろ子が殺されたことには関係ないんですか？」

亀井は生まじめな表情に戻って、小田にきいた。

「それはありませんよ。僕と一緒に、連中も長野駅を出たんです。その時振りかえったら、彼女はホームにいて電車に入ろうとしていましたからね」

「六人の中、一人か二人が残っていたということは考えられませんか」

「それもないですね。六人ぐらいはちゃんと僕の視界の中に入っています」

「しかし、この部屋に忍び込んで写真をすりかえたり、善光寺の地下であなたを殴ってカメラからフィルムを抜き取ったのは、その六人のように思えますがねえ」

「僕もそう思いますよ。カメラを向けたら僕を睨んでいましたからね。何か後暗いところのある連中じゃないかと思います。しかし、野中ひろ子という女性を殺したとは思えませんね。理由は今いった通りです」

「彼等の写真は、一枚もなくなってしまったわけですか？」

「いや、一枚だけあります」

小田は、クラブへ持って行った写真の一枚を亀井に見せた。

「これは上野のホームで野中ひろ子を撮ったものなんですが、彼女の背後《うしろ》に二人写っているでしょう、男と女が。それが六人の中に入っていました」

「この二十五、六歳のカップルですね？」

「そうです」

「間違いありませんね？」

「間違いありませんよ」

「とにかく、この二人を調べてみましょう」

と亀井はいった。

「しかし、彼等は殺人には関係ありませんよ。うさん臭い連中ではありましたがね」

と小田はいった。

6

亀井と西本は、その写真を借りて警視庁に戻った。

待っていた上司の十津川警部が、

「今も新潟県警から電話が入ったよ。何かわかったら、至急知らせてくれということでね」

と亀井と西本にいった。

「七月八日のことですが、野中ひろ子は午後九時頃に銀座の店に顔を出し、ママに辞めるといっています。十時半頃まで店にいてから帰ったということです。その時の服装は白いワンピースに白い帽子、サングラスをかけ、白いスーツケースを持っていて、夜行で実家に帰るといっていたそうです」

「十時半に店を出て上野に行き、長野、直江津行の急行『妙高』に乗ったのか？」

「そう思います。時間は十分にあるので、その間に食事ぐらいしたかも知れません」

「新潟県警の話では、所持品はなかったといっていたね」

「この写真を見て下さい」

西本は、小田から借りてきた写真を十津川の前に置いた。

「これは上野駅のホームですが、彼女は足元に白いスーツケースを置いています。ですから、持っていたことは間違いないと思いますね」

「彼女を殺した犯人が、そのスーツケースを盗んだということかな？」

「そう思います」

「クラブにあいさつに来たときの様子はどうだったんだろう？」

十津川が、亀井にきいた。

「ママの話では、何となく怯《おび》えていたように見えたということです」

「どんな女性だったのかね？」

「美人なのでお客はよくついたが、どこか暗いところがあった。それによく休んだそうです。もっと明るく振る舞って、休まなかったら、あれだけきれいでスタイルもいいから店のナンバー・ワンになれたのにと、ママはいっていました」

「店を辞める理由については、彼女は何といっていたのかね？」

「疲れたので故郷《くに》に帰るとだけいっていたようです」

と亀井はいった。

西本が、友人の小田のことを十津川に話した。妙な六人の男女のことや、写真が留守の間にすりかえられたこともである。

「それで、私はこの六人のグループが気になるんですが」

「しかし君の友人は、犯行には関係ないといっているんだろう？」

「そうなんですが、どうも引っかかります」

「この写真の男女が、その六人の中の二人というわけか」

「一応、念のために調べてみたいと思うんですが」

と西本はいった。

「そうだね。調べてみたまえ」

と十津川は西本にいってから、亀井には、

「被害者の前科だがね」

「OL時代に横領罪で逮捕されたんでしたね」

「それが、今度の事件と関係があるかな？」

「そうですねえ」

亀井は考え込んだ。

野中ひろ子は二年前、「光の兆《きざし》」という新興宗教団体で経理の仕事をしていたが、その時二億四千万円の金を横領して逮捕されている。

その二億四千万円を彼女が何に使ったのかわからないままに、有罪判決を受け、一年間、刑務所暮らしをした。

「あの金が、今度の事件の引き金になっているのかも知れません」

「消えた白いスーツケースの中身か」

「そうです。二億四千万円。スーツケースには入りませんが、もし彼女が二年前に、誰かと組んで横領したとして、その分け前として三千万なり四千万なりを貰ったとすれば、スーツケースに十分入ります」

「二年前には、彼女の単独犯ということになったんじゃなかったのかね？」

「あの時は、背後に男がいるんじゃないかといわれながら、結局、彼女は自分一人でやったことだといって刑に服したんです」

「横領された方の『光の兆教団』の方は、今どうなっているのかね？」

「調べてみます」

と亀井はいった。

亀井が調べた結果、次のことがわかった。

二年前、横領事件が起きた時の教祖、白井瑞光は心臓病ですでに死亡し、現在は、彼の甥で三十六歳の白井秀明が、二代目の教祖に納っている。

「信者は二万とも三万ともいわれていますが、正確な人数はわかりません。もともと怪しげな団体で、インチキな薬を信者に一万円から二万円で売りつけ、薬事法違反で事務長が逮捕されたことがあります」

「野中ひろ子は、民事でも告訴されていたんじゃなかったかね？　教団から横領した金を返せといって」

「それが、当初は告訴するといっていたんですが、教祖が代ったとたんに訴えないことになってしまいました。理由は不明です」

「すると現在は、野中ひろ子から二億四千万円を取り戻そうという気は、教団にはないのかね？」

「表向きはそういうことですね」

「現在、教団の運営はうまくいっているのかね？」

「よくわかりませんが、信者の数は少くなって来ているようです。新しい事務長は、なかなかのやり手だといわれていますが」

「教祖だけでなく、事務長も代ったのか？」

「そうです。横領事件が起こった時の事務長は、すでに辞めています」

「すると、新しい事務長が告訴しないといっているわけかね？」

「そうなりますね」

「その男は、今度の野中ひろ子の死をどう見ているんだろう？」

「尾高勇《おだかいさむ》という男で、会ってきいてみました。三十五、六の若い男です」

「何といっていたね？」

「昔の話はもう、どうでもいいといっていましたね」

「二億四千万円も横領されてもかね？」

「表面上は平気な顔をしていましたね。ただ、尾高は事件のときの事務長じゃありませんから、責任は感じていないんでしょうが」

「どうも気になるね」

「尾高の動きがですか？」

「いや、西本刑事の友人がいっていた六人のグループのことさ」

「しかし小田さんは、彼等は殺人には関係ないといっていましたが」

「かも知れないが、彼等は長野で降りている」

「そうです」

「急行『妙高』は、1号車から6号車までが直江津行で、7号車から9号車が長野行になっている。もちろん直江津まで行く車両に乗っていて、途中の長野で降りてもいいわけだし、小田さんはその積りで5号車に乗っていたんだと思う。殺された野中ひろ子は高田へ行く気だったろうから、5号車でいい。ところが六人のグループはおかしいよ。というのは、小田さんは彼等に興味を感じて、時々、カメラを向けて写真を撮ったといっている。軽井沢ではホームに降りて、窓の外からも撮っている。その度に彼等は、険しい眼付きで睨んだといっている」

十津川がいうと、亀井は肯《うなず》いた。

「確かにおかしいですね。そんなに不快なら、他の車両に移ればいい」

「そうだよ。特別に5号車が乗り心地が良かったとか、他の車両が混んでいたとは思われない。この急行にはグリーン車もないんだ。隣りの6号車は禁煙車だが、反対側の4号車は違うしね」

「5号車に野中ひろ子が乗っていたから、彼等も他へ行かなかったということですか」

「私はそうじゃないかと思うんだよ。それに連中は何か異様だったと、小田さんはいっている。『光の兆教団』というのは、怪しげなところのある新興宗教なんだろう。その信者の一団だとすれば、異様な感じを受けたとしても、別におかしくはないんじゃないかね」

と十津川はいった。

7

新潟県警から野中ひろ子の司法解剖の結果などが、十津川のところへ報告されてきた。

死因は絞殺。これは前からわかっていたことである。

死亡推定時刻は、午前五時から六時までの間となっている。

急行「妙高」の長野着が四時四四分だから、明らかに長野へ着いた時は生きていたのだし、小田のいう通りなのである。

白いスーツケースは、いぜんとして見つからないということだった。

十津川は事件を担当する新潟県警の松木警部に電話で、「光の兆教団」のことや、二年前の事件のことを話した。

「すると、その六人が怪しいということになりますね」

と松木がいった。

「殺しには無関係という気もしますが、どうしても引っかかるんですよ。ですから、彼等が長野で降りてから、何処へ行ったか調べる必要があると思うんですがね」

「さっそく調べてみましょう」

と松木はいった。

翌日になって、松木から電話が入った。

「例の六人組ですが、消えてしまいましたよ」

と松木はいった。

「消えたというのはどういうことですか？」

「まず、長野駅の駅員に問い合せました。確かに七月九日の早朝、急行『妙高』が着いてから、六人の男女のグループが改札口を通ったことを覚えていました。次は駅前のスナックですが、ここでも従業員が彼等を覚えていました。しかし、長野市内や周辺の温泉地のホテル、旅館に片っ端から電話を入れてみたんですが、六人組はどこにも泊っていないんですよ」

「じゃあ、その日の中に彼等は東京に帰ったのかも知れませんね」

「そう思ったんで、もう一度、駅なんかを調べてみたんですが、六人組を見た目撃者は見つかりませんでした」

「別れたのかも知れませんね」

「えっ？」

「長野までは六人がかたまって行動していたが、そのあとは一人ずつ、ばらばらになったんじゃないですか。そうすれば一人ずつはこれといった特徴のない男女のようですから、消えた感じがしても不思議はないと思いますね」

「しかし、なぜそんなことをしたんですかね？」

松木がきいた。

「一つだけ考えられるのは、六人でかたまって行って、長野で目的を達した。そのあとは目立つといけないので、ばらばらに別れて東京に帰ったということですね」

「なるほど」

と松木は肯いた。が、

「しかし十津川さん。それなら長野へ来る時も、ばらばらで来れば余計目立たなかったんじゃありませんかね？」

といった。

当然の疑問だった。

確かに松木警部のいう通りだった。最初から六人がかたまっていなければ、カメラマンの小田が注目することもなかったのである。

十津川は六人の中の二人の写真を、すぐ新潟県警に電送する約束をして、受話器を置いた。

「カメさん。一緒に『光の兆教団』へ行ってみないか」

と十津川は亀井に声をかけた。

小田にも電話して、来て貰うことにした。

六人のグループの顔を覚えているのは、小田だけだったからである。

「光の兆教団」の本部は、等々力《とどろき》の高級住宅地の一画にあった。

亀井は二度目である。

事務長の尾高は露骨に眉をひそめ、

「もう全てお話しした筈ですがね」

といった。

「しかし、これは殺人事件ですからね」

十津川はわざと怖い顔をして見せた。

十津川と亀井が事務長に会っている間、小田は本部の中を歩き廻ることにした。

「殺人事件だろうが、私たちの教団とは関係ありませんよ」

と尾高がいう。

「しかし、殺されたのは、二年前に教団の金を二億四千万円も横領した女性ですよ。全く関係ないとはいえんでしょう?」

「ありませんね。二億四千万円というと、あなた方にとっては大金かも知れませんが、私たちの教団にとってはたいした額じゃありません。現に当教団では今度、山梨県に二万坪の土地を買い、そこに大きな聖堂を建設することになっています」

尾高は土地の権利書や、聖堂の青写真を十津川に見せた。二億四千万円ぐらい端た金だといいたいのだろう。

「教団の職員は、今何人いらっしゃるんですか？」

と十津川はきいた。

「現在、三十七名です。信者の数は何万人とおりますがね」

「その三十七名の中にこの方はいますか？　野中ひろ子さんの背後《バック》に写っている男女ですが」

十津川は小田の撮った写真を尾高に見せた。

それには六人の中の二人が写っている。

尾高はじっとすかすように見ていたが、

「知らない顔ですね。この二人がどうかしたんですか？」

「いや、ご存知なければいいんです」

「繰り返しますが、野中ひろ子さんが殺されたことと、私たちの教団とは何の関係もありませんよ」

「二年前、横領事件が起きた時、尾高さんは何をされていたんですか？」

「前の事務長の鈴木さんの下で働いていましたよ」

「前の事務長はあの横領事件のあと、民事で野中ひろ子を告訴して、二億四千万円を返せといっていましたね」

「ええ。そうです」

「しかし、事務長があなたになってから、それを取り下げてしまった。その理由は何ですか？」

「考えてもみて下さい。彼女に二億四千万円も返せますか？　それにまあ、刑務所に入って贖罪《しょくざい》したわけですから、これ以上、咎《とが》めることもないと考えたわけです」

「ずいぶん物判りがいいんですな」

亀井が皮肉ないい方をした。

一瞬、尾高は眼を光らせ、亀井を睨んだが、すぐ元の穏やかな表情に戻った。

「私たちは過去を振り返らず、前進がモットーですからね」

「前の事務長さんは今、どこにおられるんですか？」

と十津川がきいた。

「わかりませんね」

「しかし、前の事務長ですよ」

「すでに当教団を離れた人ですからね」

尾高はそっけなくいった。

「辞める前の住所はご存知でしょう？　教えてくれますか」

「いいですよ。しかしあくまでももう当教団とは無関係の人だということは、覚えておいて下さい」

と尾高は念を押した。

8

小田とは教団本部の外で合流した。

「どうでした？　例の六人はいましたか？」

車に乗ってから十津川がきくと、小田は首を横に振った。

「いませんでしたね。いろんな部屋に首を突っ込んでみたんですが」

といった。

十津川はさほど失望しなかった。

六人が教団本部にいなかったことは、二つの解釈が可能だからである。

全く事件に関係ないか、逆に関係があるので隠れてしまったかの二つである。

「調布の深大寺に行ってみよう」

と十津川は亀井にいった。

途中で小田を降ろし、十津川たちは前の事務長の家があるという深大寺に向った。

前の事務長の名前は、鈴木晋一郎《しんいちろう》である。

年齢は六十二歳。尾高は病気がちなので自分から辞めたというが、本当かどうかわからない。

深大寺近くの建売住宅の一軒に、「鈴木」の表札がかかっていた。

車から降りてベルを押すと、二十五、六歳の若い女が顔を出した。

十津川が警察手帳を見せて、鈴木晋一郎さんに会いたいと告げると、彼女は、

「父は散歩に出かけています」

といった。

娘のみどりだという。彼女は十津川と亀井を居間へ招き入れた。

「お父さんが『光の兆教団』の事務長を辞められた時の事情を、ご存知ですか？」

と十津川はきいてみた。

みどりはお茶をいれながら、

「もう疲れたと申しておりましたわ」

「しかし、教団から離れてしまうことはなかったんじゃないですか？　事務長だけ辞めればよかったようにも思いますがね」

十津川が重ねていうと、みどりは眉をひそめて、

「いろいろとあったと父はいっておりましたけど」

「いろいろというのは、どういうことですか？」

「あの教団のことは、私はよく知らないんですけど、派閥みたいなものがあったようですし、父は足を引っ張られるようなこともあったらしいんです」

「派閥というのは、新しい教祖と新しい事務長のことかな？」

「ええ、そう思いますわ。前の教祖さんが死んだのも、何かあったみたいですし――」

「心臓病で亡くなったといわれてますがね」

「ええ。でも、父は心労が重なったんだといっていましたわ」

「二年前の横領事件も、その心労の一つだったんですかね？」

「と思いますわ」

「野中ひろ子さんは、知っていますか？」

十津川がきくと、

「一度、遊びにいらっしゃったことがありますわ」

という返事が戻ってきた。

「ここへ遊びに来たんですか？」

「ええ。父は野中さんを信頼して、経理を委せていたんです」

「それじゃあ、あの横領事件の時は、お父さんはさぞびっくりしたでしょうね？」

「裏切られたといって、かんかんでしたわ」

「それで告訴したんですね？」

「ええ」

「彼女には黒幕がいたと思うんですが、お父さんは知っていましたかね？」

「さあ」

とみどりは首をかしげた。

十津川は腕時計に眼をやって、

「お父さんはいつ頃、散歩に出かけられたんですか？」

「一時頃ですけど」

「今、五時ですから、少し帰りがおそいということはありませんか？」

「さあ、父は気まぐれですから、すぐ戻って来ることもありますし、おそばを食べてゆっくり帰ることもありますから」

「散歩のコースは決っているんですか？」

「ええ。だいたいは決めているようですわ」

「そのコースを教えてくれませんか」

「父が何か？」

「いや、何もないとは思いますが――」

「じゃあ、私がご案内しますわ」

とみどりがいった。

家を出て、まず深大寺へ向って歩く。

「このあと、おそば屋さんに寄ることがあるんです」

歩きながらみどりがいった。

深大寺にはまだ緑が多い。散歩に最適な場所が多かった。

途中で、ジョギングしている若者にもぶつかった。

一時間ほど歩いて家に戻ったが、鈴木晋一郎はまだ帰っていなかった。

みどりもさすがに不安になったとみえて、しきりに時計を見ている。

少しずつうす暗くなってきた。

「もう一度、あのコースを歩いて来ますよ」

といって十津川は立ち上った。

一緒に行くというみどりを家に残して、十津川は亀井と、さっきと同じ道を歩いてみることにした。

鈴木がよく寄るというそば屋できいてみた。が、今日は来なかったと店主はいった。

十津川の不安が濃くなった。そば屋に寄っていなければ、もっと早く家に帰っている筈だったからである。

雑木林の近くまで来たとき、五、六人の人垣が出来ているのが見えた。

その中に制服姿の警官の姿もあった。

二人は思わずその人垣に駆け寄って、のぞき込んだ。

老人が地面に横たえられているのが見えた。

小柄な老人だった。

「鈴木さんですよ、この人」

人垣の中の一人が小声でいうのが聞こえた。

「そういえば、これは鈴木さんだ」

中年の警官も肯いている。

十津川は人垣の中に入って行って、その警官に警察手帳を見せた。

「鈴木さんて、深大寺横の鈴木晋一郎さんかね？」

「そうです。鈴木さんちのお爺さんです」

「死んでいるのか？」

「くびを絞められています。雑木林の中に引きずり込まれて絞殺されたんだと思いますね」

警官が喋っている間に、亀井が屈み込んで調べていた。

「後頭部を殴られていますね」

と立ち上って亀井がいった。

「殴ってから絞めたのか？」

「多分、殴って気絶させてから、雑木林の中に引きずり込み、絞殺したんだと思います」

「野中ひろ子が殺されたことと関係があると思うかね？」

「ないという方がおかしいですよ」

「われわれが動いたので、この老人は殺されてしまったのかな」

十津川はみどりの顔を思い出していた。

彼女に父親の死を伝えるのが辛い。

「多分、そうでしょう。鈴木前事務長がいろいろと喋るのが、怖かったんだと思います」

「そうだとすると、犯人は口を封じた積りで、自分たちが何を怖がってるか明らかにしてしまったことになる」

「犯人は複数だと思われますか？」

「野中ひろ子を殺したのは例の六人グループだと、私は思っているんだよ」

「しかし、小田カメラマンの話では、彼等には野中ひろ子を殺せなかったことになりますが」

「まあ、そうだがね。私はその辺に何かあると思っているんだよ」

と十津川はいった。

「リーダー格は新しく事務長になった尾高ですか？」

「あの男以外に考えられないね。われわれが鈴木晋一郎を訪ねるのを知っていたのも、あの男だからね」

9

十津川は最近「光の兆教団」を辞めた元職員に会ってみることを考えた。

現在の職員はいろいろと制約があって、本当のことは話してくれないだろうと思ったからである。

三人の男女が見つかった。

三人とも教団本部で働いていたことがあり、特に井上悟《いのうえさとる》という四十五歳の男は、十年近く教団本部で働いていたという。

鈴木晋一郎のことがあるので、十津川と亀井は現在横浜で本屋をやっている井上に警視庁へ来て貰った。その方が安全だと思ったからである。

井上は度の強い眼鏡をかけた、柔和な感じの男だった。

「鈴木晋一郎さんが殺されたことは、知っていますね？」

と十津川がきくと、井上は眼をしばたたいた。

「テレビのニュースで見ましたよ。私はあの事務長さんは尊敬していたんですよ」

「しかし、薬事法違反で逮捕されたことがありましたね」

「あれは鈴木さんが罪をかぶったんですよ」

「教祖がやったことだからですか？」

「いや、教祖の甥の白井さんが、尾高と計画してやったことですよ。次に教祖になるだろうといわれている白井さんを逮捕させるわけにはいかない。それで鈴木さんが罪を背負ったというわけです」

「尾高さんは、なぜ逮捕されなかったんですか？」

「彼は白井さんのお気に入りでしたからね」

「そして、今は白井、尾高のコンビになったというわけですか？」

「そうですが、あのコンビでは、『光の兆教団』も長くないと思いますね。前の教祖は純粋でしたし、鈴木さんはまじめでしたからね。今度の新しい教祖と事務長は教団を食いものにしようとしています」

「二年前に起きた二億四千万円の横領事件のことを話してくれませんか。表向きは経理を担当していた野中ひろ子が、一人で横領したことになっていますが」

十津川がいうと、井上は皮肉な笑いを浮べて、

「一人で二億四千万もですか？」

「違うんですか？」

「彼女は知っていますが、そんな悪い女性じゃありませんよ。美人で男の噂はいろいろありましたがね」

「その噂の中に、誰か特定の男の名前が入っていたんですか？」

「これは私の個人的な考えですがね。尾高と彼女が、関係があったんじゃないかと思っているんです」

「それ、間違いありませんか？」

「証拠はありませんよ。尾高という男は女好きなんですよ。信者の中にちょっときれいな女の子がいると、よく手を出して、鈴木さんに注意されてました。ところが美人の野中ひろ子には、全く関心を示さなかったんです。彼女の方も尾高に対して、よそよそしく振る舞っていましてね。みんな不思議がっていましたが、私は逆に考えていましたよ」

「逆に深い関係があったので、それを隠そうとしたんじゃないかとですか？」

「そうですよ」

「すると、二億四千万円の大部分は、尾高のふところに入ってしまったということですか？」

十津川がきくと、井上はすぐには返事をせず、ちょっと考えていた。

「二億四千万円は大金ですが、教団にとっては致命傷になるような金額じゃない。私が不思議だったのは、あの事件が起きてから急に教祖の元気がなくなって、甥の白井さんの力が強くなりましてね。同時に鈴木さんが遠慮がちになって、尾高が威張り出したんですよ。そして教祖は病気がちになって、とうとう病死してしまったんです」

「横領事件がマスコミに報道されたのを、気に病んでですかね？」

「いや、それはないと思いますよ。今いったように、教団の財政を圧迫するほどの金額じゃないし、教祖や鈴木事務長にしてみれば、飼犬に手を噛《か》まれたわけですから、二人の責任じゃありませんからね」

「じゃあ、何が原因なんですか？」

「あくまでも私の想像ですがね。野中ひろ子はただ単に教団の金を盗み出しただけじゃないんじゃないか。彼女は事務長にも教祖にも信頼されていて、大金庫の開け方も知っていましたからね。何か秘密書類みたいなものも、盗み出したんじゃないかと思うんですよ。そんなことは新聞には出ませんでしたが」

「つまり、それが尾高さんの手に入っているのではないかということですね？」

「そう考えてるんです。亡くなった教祖は立派な方でしたがね。経歴は秘密になっているんですよ。その経歴がわかるようなものだったかも知れませんね」

「それで、少しずつ納得が出来るようになって来ましたよ。尾高さんには親衛隊みたいな人たちがいますか？」

「親衛隊ですか？」

「そうです。五、六人の親衛隊を使って、何かやるということはないですかね？」

「そうですねえ。あの男ならやりそうですね。自分がワルだから、他人《ひと》を信用しない。子分を使ってあれこれやりそうなタイプですね。事務長になってから、そんな子分を作ったかも知れません」

と井上は言った。

他の二人にも話を聞いたが、新事務長の尾高が子分を使って何かやりそうだという点では、一致していた。

10

十津川は尾高に狙《ねら》いをつけることにした。

小田が写真に撮った六人の男女は尾高の子分で、彼等が野中ひろ子を殺し、鈴木晋一郎を殺したに違いない。

しかし証拠はなかった。

それに折角小田が撮った六人の写真は盗まれてしまった。

ただ、その中の二人の男女の写真は、盗まれずに残っている。

平凡な感じの男女である。

小田は六人の顔を覚えているが、教団本部にはいなかったといっている。

「小田が狙われる心配があります」

と友人の西本刑事が、十津川にいった。

「その心配はあるね。君が清水刑事と小田さんの護衛に当ってくれ」

「わかりました」

西本は嬉《うれ》しそうにいった。

「ただ守るだけじゃ、事件の解決にはならない」

「はい」

「問題の六人だが、教団本部には顔を見せないだろう。しかし尾高の家には現われるかも知れない」

「わかりました。小田を連れて尾高の家に張り込みます。彼はプロのカメラマンですから、六人が現われたら写真を撮って貰いますよ」

と西本は張り切っていた。

西本と清水の二人の若い刑事が出かけて行ったあと、十津川は亀井と事件を振り返ってみた。

東京でも殺人事件が発生したので、正式に新潟県警との合同捜査ということになった。それだけにより慎重にならざるを得なかった。

「尾高は結婚していましたっけ？」

亀井がきいた。

「いや、独身だよ。私には、今は信仰のことで頭が一杯で結婚どころじゃないといっていたが、それはお笑いだね」

「独身なら、野中ひろ子は結婚をエサにして、利用されたということも考えられますね」

「誰に聞いてもあの横領事件は、彼女一人でやったとは思われないという。それなのに彼女は、共犯者の名前はいわなかったし、二億四千万円の行方もいわなかった。黙って刑務所に入っている。出所したら結婚するという約束をしていたとすれば、彼女がじっと口を閉ざしていた理由にはなるね」

「彼女が七月八日の夜の、急行『妙高』で実家に帰ったというのは、どういうことなんでしょうか？」

「彼女は出所後、銀座のクラブで働いている。そうしながら、結婚できるのを待っていたんじゃないかね。尾高の方は、最初からそんな気はなかった。女の方はじれてくる。結婚してくれなければ共犯の名前をいうと、脅したのかも知れない。そこで尾高は、彼女を消すことを考えた。結婚するからいったん実家に帰って、両親に話をして来なさい。自分もあとから行くとでもいったんじゃないのかな」

「彼女はその言葉を信じて、七月八日の夜、店のママや同僚にあいさつしてから、急行『妙高』に乗った。それを尾高の子分というか部下というか、六人が追っかけて、車内で殺したということになりますか？」

「そうだよ」

「しかしカメラマンの小田の言葉では、六人には野中ひろ子は殺せないことになりますが――」

「それはあとで考えるとして、私はこの推理は間違っていないと思っているんだ」

と十津川はいった。

新潟県警の松木警部から、連絡が入った。

解剖の終った野中ひろ子の遺体は両親に渡され、葬儀もすんだという。

「その両親に会って話を聞いたんですが、彼女は近く結婚するといっていたそうです」

「相手の名前も、両親にいっていたんですか?」

「いや、いっていません。どうも相手の男に口止めされていた感じです。ただ母親が、前科のあるお前を貰ってくれるなんて、変な人なんじゃないかといったら、彼女は、前科のこともちゃんと知っていて、とても偉い人なんだといっていたそうです」

「偉い人ですか」

「それで母親が、なぜそんな偉い人がお前をときいたら、野中ひろ子は笑って、その偉い人も私には頭が上らないのっていったそうですよ」

「それは面白いですね」

と十津川はいい、自分の考えた推理を松木に話した。

「問題は六人のグループの男女が何者なのかということと、彼等は野中ひろ子が殺せたかどうかということになって来ますがね」

と十津川はつけ加えた。

西本刑事たちの張り込みは、なかなか効果を示さなかった。

尾高の家は田園調布にある。有名なタレントが持っていたのを、三億円で買ったのだという。そんなところにも、尾高の性格が現われている感じだった。

尾高は有名人好きらしく、よくタレントなどが、彼の家に出入りするのがわかった。だが例の六人の姿は、いっこうに西本たちの前に現われなかった。

二日、三日と空しく過ぎた。

尾高は毎日、自分で車を運転して教団本部に出かけ、帰って来るとパーティを開く。それには新しい教祖の白井も出席することがある。

尾高のパーティは豪華で楽しいと評判だった。多分金にあかせてのパーティなのだろう。

四日目の夜もパーティになって、尾高の部屋には明るく灯がつき、近くに住むタレントが遊びに来ていた。

そのパーティが終ったのは、十二時過ぎである。

いつもは部屋の灯りが消えてしまうのだが、今夜に限って明るいままである。

午前二時近くなって、裏口から一人、二人と人影が邸に入って行くのを、西本たちは目撃した。

「全部で六人だよ」

と清水が興奮した口調でいった。

「しかし、この暗さじゃ顔がわからないね」

一緒に張り込んでいる小田が、西本にいった。

「カメラは持って来ているんだろう？」

「ああ、いつも持ってるよ」

「フラッシュは？」

「あるよ」

「それじゃあ、彼等が出てきたところを、いきなりフラッシュを使って写真を撮ってくれ」

「捕まっちまうよ」

「撮ったらすぐ逃げればいい。あとはおれたちが何とかする」

と西本はいった。

夜明け近くなって、やっと人影が裏口から出て来た。

小田が彼等の前に出て、いきなりフラッシュを焚《た》いた。

六人の中の女が悲鳴をあげ、男は怒鳴り声をあげた。

小田が逃げ出す。追いかけようとする六人の前に、西本と清水が出て行って両手を広げた。

「何だ？　お前たちは」

と六人の中の年輩の男が二人に食ってかかった。

「捜査一課の者です。あなた方におききしたいことがありましてね」

西本はわざと丁寧にいった。

その間に、小田が逃げてしまうのを計算に入れてである。

六人は捜査一課といわれてぎょっとしたようだったが、それでも、

「刑事なんかに用はない！」

とリーダー格の男が怒鳴った。

「こちらに用があるんですよ。二つのことをおききしたいんです。今、尾高さんの家から出て来ましたが、皆さんは『光の兆教団』の人ですね？」

「教団には関係ない」

「すると、尾高さんとは個人的な知り合いですか？」

「そんな質問には答える必要はない」

「七月八日に急行『妙高』に乗って、長野に行きましたね？」

「答える必要は認めない！」

「皆さんの名前と住所を教えて貰えませんか」

「もう二つの質問は終ってる筈だぞ！」

と相手は怒鳴った。

11

小田の撮った写真は大急ぎで現像され、大きく引き伸ばされた。

突然フラッシュを焚かれて、どの顔もびっくりしている。

瞬間的に眼をつぶってしまっている女もいた。

「この六人ですか？」

と十津川は小田にきいた。

「間違いなくこの六人ですよ。僕の撮った写真にもこの中の六人が写っていましたからね」

と小田が自信を持っていった。

清水が十津川を見た。

「尾高にこの写真を突きつけてやりますか？」

十津川は笑って、

「それは駄目だよ。警察が撮ったとわかったら、逆に告訴してくるだろう。無断で暴力的に撮られたといってね」

「しかし、この六人は野中ひろ子と鈴木晋一郎を殺したかも知れません。彼等が尾高と結びついているとなれば――」

「証拠がないよ」

と十津川はいった。

「それに彼等は、長野で野中ひろ子を殺してはいませんからね」

小田がいった。

十津川はその小田に向って、

「一度一緒に急行『妙高』に乗って、長野に行ってくれませんか」

「行ってどうするんです？」

「この六人は野中ひろ子を殺せなかったかどうか、調べてみたいんですよ」

「しかし、十津川さん。彼等は僕と一緒に長野駅の改札口を出たんです。その時にはまだ彼女は生きていたんですよ」

「わかっています。駅前のスナックでも一緒になったんでしょう。しかし、この眼で確かめたいんですよ」

と十津川はいった。

その日の夜、十津川は亀井と小田を連れて上野駅から急行「妙高」に乗ってみることにした。

小雨が降っていた。梅雨はまだ盛りなのである。

二三時五八分に発車する急行「妙高」の5号車に、三人は乗り込んだ。

「この間と同じように空いていますね」

と小田は車内を見廻しながらいった。ただ今日はお腹がすいたときの用心にと、亀井がほかほか弁当や果物などを買い込んで持って来ている。

8番線から定刻に発車した。まばらな乗客の中には、もう眠ってしまっている人もいた。

十津川たちは、当然なことながら緊張で眠れなかった。

窓ガラスは雨でぬれている。

熊谷、高崎と過ぎたところで亀井が、

「そろそろ食事をしませんか」

といった。

ほかほか弁当を広げて夜食になった。食事のあとは亀井の買ってきたサクランボを食べた。

「これだけでも、極楽へ行けそうですよ」

小田は満足した顔でいった。

十津川と亀井は眠れなかったが、小田は眼を閉じていびきをかきはじめた。

篠ノ井《しのい》を過ぎたところで、十津川が眠っている小田を起こした。

まだ外は暗く、雨は降り続いている。

四時四四分に長野に着いた。定刻である。

三人は電車からホームに降りた。

「すぐ改札口を出たんですか？」

ホームで確認するように、十津川が小田にきいた。

「そうです。例の六人組もほとんど一緒でしたよ」

「じゃあ、その通りにしましょう」

十津川が先に立って、改札口に向って歩き出した。

改札口を出る。

「このあと二十四時間営業のスナックに行ったんです」

と小田がいう。

「われわれもその店へ行ってみましょう」

十津川がいった。

雨の中を小田の案内で駅前のスナックに入った。

テーブルに腰を下してから、小田は店の中を見廻して、

「この店です。間違いありません」

と変に力んだ声でいった。

「例のグループも、この店に来たんですね？」

亀井がきいた。

「ええ。僕より先に来てましたね。彼等は駅からまっすぐここへ来たんだと思います。僕は探しながら来ましたから」

「向うは六人全部いましたか？」

「ええ、ちゃんと六人いましたよ。数えたんです」

と小田はいい、ニヤッと笑った。

「それで、食事をした？」

「ええ」

「じゃあ、われわれも食事しましょう」

と十津川がいった。

三人がそれぞれライスカレーや焼そばなどを注文した。

「こんなことをして、何か意味があるんですか？」

小田は運ばれて来た焼そばを食べながら、十津川にきいた。

「六人のグループは野中ひろ子を殺せたかどうか、実験してるんですよ」

「それなら殺せませんでしたよ。彼等はだいたい僕と同じように動いていたんですから」

食事がすむと、三人は店を出た。

「それからあなたはどこへ行きました？」

十津川が雨空を見上げながらきいた。

「地下にある長野電鉄の駅へ行きました」

「すると、そのあと例の六人のグループがどんな行動をしたか、わからないわけですね？」

「それはそうですが、もうとっくに野中ひろ子の乗った急行『妙高』は出発してしまっていますよ。僕たちが降りてから四十分近くたっていますからね」

小田が肩をすくめるようにしていった。

「とにかく、六人のグループになって行動してみようじゃありませんか。彼等はあなたがスナックを出たあと、ばらばらになって長野駅へ急いだと思います。彼等が犯人ならそうした筈ですよ」

「それはそうでしょうが――」

「急ぎましょう」

と十津川がいって、小走りに長野駅に向った。

亀井と小田がそのあとに続いた。

駅に着くと十津川は入場券を三枚買い、二人にも渡した。

改札口を通る。

「無駄ですよ、こんなことやったって――」

と小田は呟《つぶや》いた。がその言葉が途中で消えてしまった。

ホームには奇跡みたいに「妙高」が停車していたからである。

12

「今、五時三十分です」

十津川が満足した顔でいった。

「五十分近くも、あの電車がここに停まっているんですか？」

小田が呆れたという顔でいった。

だが同じ電車がじっとそこに停車しているのは、まぎれもない事実なのだ。

「十津川さんは知っていたんですか？」

と小田は十津川にきいた。

「もし六人が犯人なら、スナックで食事のあと、駅に戻って野中ひろ子を殺したに違いないと思ったんです。しかしどんなに簡単な食事でも、三十分はかかるだろう。その間、電車がずっと停車しているだろうか？　何しろ急行列車ですからね。しかし調べてみたら、急行『妙高』は長野から先は各駅停車の普通電車になってしまうんですよ。それなら長い停車時間もあり得ると思ったんです」

十津川は笑っていった。

「この電車は、長野に何分停車してるんですか？」

「発車は五時四〇分となっていますからね。着いたのが四時四四分だから、五十六分もここで停車してるんです」

「参ったな」

小田は首をすくませた。

「だから六人は、スナックから急いで電車に戻り、野中ひろ子を絞殺したあと、白いスーツケースを奪って、長野電鉄の地下駅へ駆けつけたんですよ」

と十津川はいった。

「しかしなぜ、あの地下駅へ彼等はわざわざ来たんですかね？」

小田がきく。十津川は笑った。

「それはあなたのせいですよ。彼等はあなたに車内で写真を撮られている。それを取り返そうと思ったからですよ。多分、彼等はあなたが地下駅に向って歩いて行ったのを見ていたんですよ」

「しかし彼等が地下駅に入って来た時、白いスーツケースは誰も持っていませんでしたが」

「それは当然でしょう。目立ちますからね。コインロッカーに入れてしまったのかも知れないし、中身だけ六人で分けて持ってスーツケースは捨ててしまったのかも知れません」

と十津川は事もなげにいった。

三人が話している間に九両から六両になった電車は、直江津に向って出発して行った。

　五時四〇分である。

　解剖の結果、野中ひろ子の死亡推定時刻は、午後五時から六時の間だった。

　長野着が四時四四分なので、何となく直江津に向って出発したあとで死んだように思ってしまったのだが、五十六分も停車していたとすれば、長野駅に停車中にすでに殺されていたと考えてもおかしくはないのである。

「やりましたね」

　亀井がニヤッと笑って十津川を見た。

「これであの六人に野中ひろ子が殺せたことは、はっきりしたね」

　と十津川は満足そうにいってから小田を見て、

「われわれはすぐ東京に戻りますが、あなたはどうします？」

　ときいた。

「僕はもう一度、善光寺へ行って来ますよ。この前は折角行ったのに、極楽往生できる戒壇めぐりを途中でやめてしまいましたからね。今度は鍵に触って来ますよ」

　と小田はいった。

13

小田を長野に残して、十津川と亀井は東京に戻った。

例の六人グループが野中ひろ子を殺せたことは証明できたが、これだけで彼等を逮捕は出来ないし、その上にいる尾高はなおさらである。

尾高の指示で、六人の男女が野中ひろ子を殺し、更に鈴木晋一郎を殺したことを証明しなければならない。

東京に戻った十津川は、すぐその作業に取りかかった。

まず深大寺周辺の聞き込みを強化した。

聞き込みに当る刑事には、小田が撮った写真を持たせた。

いきなりフラッシュを焚いて、例の六人組を撮った写真である。

次は尾高に圧力をかけることだった。

十津川は亀井と同じ写真を持って、教団本部に尾高に会いに行った。

事務長室で会うと、十津川はいきなり大きく引き伸ばした写真を尾高の前に置いた。

「ここに写っている六人は、ご存知ですね？」

と十津川はきいた。

彼等から、邸の外で写真を撮られたことは、尾高に報告されているのだろう。尾高は眉をひそめながら、

「知っていますよ」

といった。

「教団の職員ですか？」

「いや、違います」

「しかし、夜半にあなたの家を訪ねていますね」

「勝手に集って来るんですよ。私は来る者は拒まずの主義で、いつでも家は開放していますからね」

「この六人の名前と住所を教えてくれませんか」

「残念ですが知りませんね」

「本当に知らないんですか？」

「勝手にわが家に集って来る連中ですからね。それに名前を知らなくても、話は出来ますから」

「すると、彼等が何か犯罪を犯しても、自分は関係ないというわけですか？」

「何か彼等がやったんですか？」

「名前も知らない連中なら、心配することもないんじゃありませんか？」

十津川は皮肉な表情できいた。

尾高は明らかに当惑した表情になっていた。

「まあ、そうですが——」

「どうもはっきりしませんね。彼等の行動に、あなたが責任を取られるんですか？」

「とんでもない。関係のない人間の行動には、責任はとれませんよ」

「すると、彼等がどうなろうと、おれは知らんということと考えていいですね？」

十津川は意地悪く念を押した。

「くどいですね」

尾高は舌打ちした。

十津川は笑って、

「こういうことは、はっきりしておきたかったんです」

とだけいった。

教団を出ると、十津川は同行した亀井に、

「録音、とったかね？」

「きっちりとりましたよ」

亀井はポケットから小型のテープレコーダーを出して、十津川に見せた。

歩きながら巻き戻して再生ボタンを押すと、尾高の困惑した声がはっきりと聞こえてきた。

「これが、果して役に立ちますかね？」

亀井が半信半疑の顔で十津川にきいた。

「六人が、どれだけ尾高に心酔しているかによるだろうね」

と十津川はいった。

深大寺周辺の聞き込みでも収穫があった。

鈴木晋一郎が殺されるところを目撃した証人はいなかったが、あの日、不審な男女を見たという証人は、何人か見つかったのである。

「よし。彼等を逮捕しよう」

と十津川は決断した。

隠れている六人を見つけるのは難しかった。がその中の一人を逮捕すると、あとは楽だった。

それだけ、彼等の団結が強かったということである。

彼等は男も女も、訊問に対して最初は口をかたく閉ざして、何も話そうとしなかった。

（まるで殉教者みたいな顔をしてやがる）

と十津川は思った。

彼等が忠誠を傾けているのは、尾高なのだろうか。

十津川は、六人の中で一番若い二十歳の男を取調室に入れ、録音した尾高の声を聞かせた。

青年は顔色を変えて、「嘘《うそ》だ！」と叫んだ。

次には両手で耳をふさいでしまった。

「君がいくら尾高を信頼し、命がけで彼のために働いても、彼の方では君のことなんか、虫けらとしか思っていないんだ。君も君の仲間も、下手をすれば殺人罪で有罪になる。尾高はニヤニヤ笑ってそれを見ているだけだよ」

十津川は青年に向っていった。

二回目になって、青年は泣き出した。親に見捨てられた子羊みたいに、頼りない顔で泣き出したのだ。

そのあと、彼は堰《せき》を切ったように喋ってくれた。

尾高の指示で、長野で野中ひろ子を殺したこと、深大寺でも鈴木晋一郎を殺したことの二つをである。

彼が自供したことで、他の五人も次々に口を開いた。

「尾高を逮捕するぞ」

と十津川は亀井たちにいったあと、すぐ新潟県警に電話をいれた。

尾高と六人の正式な訊問は、第一の事件の所轄である新潟県警から始められるからだった。

死への近道《アクセス》列車

1

平山実《ひらやまみのる》は、綿密に計算した。なにしろ、人を殺すのだ。失敗すれば、警察に捕《つか》まって、刑務所行だ。どんな小さなミスも、許されない。

あけみを殺したあと、平山は、香港《ホンコン》に飛ぶつもりだった。

そのあとは、何処《どこ》へでも逃げられると、考えていた。年に四、五回は、東南アジアを旅行していたから、向こうの生活は、苦にならない。

一七時五五分成田発のノースウエストの切符は、すでに、買ってあった。一時間前までに、チェック・インして、搭乗手続きを取る必要があるから、一六時五五分に空港ロビーに入っていればいいだろう。

平山は、そこから、逆算していった。一番怖《こわ》いのは、空港に手配されて、高飛びが出来なくなることだったからである。あけみを殺してから、なるべく早く、機上の人になり、警察が、彼のことを手配した時には、香港に着いていたい。

と、いって、成田から香港までの飛行時間は、短縮できない。平山が、いくら力《りき》んでも、この便《びん》に乗れば、嫌でも、四時間と二十五分かかるのである。

とすれば、あけみを殺してから、ノースウエストのこの便に乗り込むまでの時間を、少しでも、短縮するしかない。

あけみのマンションは、新宿の初台《はつだい》にある。京王《けいおう》線の初台駅から、歩いて、十分ほどの場所だった。

彼女は、銀座のクラブ「フリージア」のホステスで、午前中は、寝ていて、平山が訪ねて行っても、会おうともしない。

午後一時頃に起き出し、出かけるのは、午後六時過ぎである。従って、殺すチャンスは、その間ということになる。

殺したあと、成田空港に急ぎ、一七時五五分出発のノースウエスト一七便に乗ってしまえば、成功ということになる。

問題は、あけみのマンションから、成田空港までだった。車では、渋滞《じゅうたい》に巻き込まれる恐れがある。

それが、春のダイヤから、新宿から成田空港まで、直通の特急列車が、走ることになった。成田エクスプレス、略して、〝ＮＥＸ〟である。

新宿、東京から乗車できて、成田空港ターミナル直下の空港駅まで走る。この列車が生まれたので、平山は、新宿から成田までの時間も、計算できることになった。

成田空港に、一六時五五分に着けばいいとすると、丁度《ちょうど》、ぴったりの成田エクスプレスがあることに、気がついた。

一六時五五分に成田空港に着く、成田エクスプレス31号である。この列車の新宿発は、一五時四〇分だから、何時に、あけみを殺さなければならないかも、自然に、導き出されてくるのだ。

あけみのマンションから、新宿駅まで、余裕をみて、三十分と考えておくことにした。タクシーを拾って、甲州街道を走らせてもいいし、タクシーが拾えないようだったら、京王線を利用すればいいし、それでも、三十分あれば、ゆっくり、新宿駅に着くことが出来る。

引き算をしていくと、あけみを殺す時刻が、自然に、わかってくる。

一五時一〇分。これが、あけみを殺すぎりぎりの線なのだ。これ以前に殺せばいいのだが、あまり前では、成田から飛行機に乗るまでに死体が発見され、手配されてしまう。何しろ、あけみが死ねば、真っ先に疑われる立場にいるからである。

だから、一五時一〇分になるべく近い時間に、彼女を殺し、計画に従って、成田エクスプレスに乗り、成田空港に行かなければならないのだ。

平山は、現在、三十四歳、傷害事件を起こして、執行猶予の刑を受けたことはあるが、もちろん、人を殺した経験はない。

（人を殺すというのは、どういうことなのだろうか？）

と、平山は、考え、

（おれに、本当に、人が殺せるだろうか？）

と、不安になる。

だが、あけみを殺さなければ、自滅することも、はっきりしているのだ。何しろ、あけみが、水商売で貯《た》めた二億円の金を、欺《だま》しとっていたからである。

平山の人生は、嘘《うそ》でぬりかためられていた。

現在、彼の名刺の一つには、「平山交易　株式会社取締役社長　平山　実」の肩書きがついているが、そんな会社は、実在しない。他にも、いろいろな名刺を刷《す》って、用意してある。

「××探偵事務所」もあれば、「××法律事務所」もある。これは、もっぱら、相手を脅《おど》すためのもので、前者は、小金《こがね》を貯めている相手を、欺すためのものだった。

今まで、それで、何とか、うまくやって来た。平山の武器は、何となく信用できそうな容貌《ようぼう》と、滑《なめ》らかではないが、相手を信用させてしまう話し口だった。

それが、あけみで、失敗してしまった。

欲張り過ぎたのがいけなかったのだと思う。今までは、小悪党《こあくとう》らしく、百万円単位の金を欺しとっていたから、平山が、姿を消してしまえば、諦《あきら》めてくれたのだが、あけみの場合は、二億円の大金を、平山交易に、投資させてしまったのである。

あけみは、突然、二億円を、一週間以内に返さなければ、暴力団に頼んで、平山を殺してやると、いい出したのだ。単なる脅しと思えなかったのは、その前に、K組の新井《あらい》という暴力団員を、叔父《おじ》だといって、紹介されたことがあったからである。

もちろん、叔父というのは嘘だが、あけみは、次第に、平山を信用できなくなって、欺すと怖いわよという脅しをかけたのだろう。

平山が、私立探偵に頼んで、調べて貰《もら》ったところ、新井には、殺人の前科があり、K組の組員だが、一匹狼に近く、金のためなら、どんなことでもやるということで、組でも、やや、持て余し気味だと、わかった。

そんな男に、あけみが、金を払えば、間違いなく平山は、殺されてしまうだろう。東南アジアに逃げても、K組は、東南アジアに強いから、追いかけてくるに違いなかった。

平山に残された道は、二つしかなかった。二億円を返すか、あけみが新井に、金を渡して、殺しを頼む前に、彼女を殺して、逃げ出すかである。

二億円の中《うち》、一億円近くは、使ってしまったから、返すことは、出来ない。とすれば、あけみが、金を新井に渡す前に、殺して、逃げ出すしかない。新井だって、金にならなければ、平山を、追い廻したりは、しないだろう。

ただ、警察に追われることだけは、覚悟しなければならない。あけみは、店のママや、マネージャーに、平山の会社に投資していることを話していたし、同僚のホステスにも、投資させていたからである。あけみが、殺されれば、間違いなく、真っ先に、平山が、マークされるのだ。

2

「明後日《あさって》の午後二時過ぎに、金を返しに君のマンションに行くよ」

と、平山は、あけみに、いっておいた。

そして、昨日の午後、実際に、計画通りに、動いてみた。

あけみのマンションの傍から、午後三時一〇分に出発して、京王線を使って、新宿に出て、一五時四〇分発の成田エクスプレスに乗り込み、成田空港に向かった。

平山は、成田エクスプレスに乗るのは、初めてだった。この列車が走る前は、タクシーを、成田まで飛ばしたり、上野から、京成電鉄を利用して、不便な空港だなと、腹を立てていたのである。

新宿駅も、この列車の発着のために、変わってしまっていた。

南口が、きれいになり、改札口を通って、コンコースに入ると、その奥に、有料の待合室が、作られていた。多分、会社関係の人間が、成田から出発する上司や同僚を送別するのに、使うのだろう。

成田エクスプレスが発着するのは、新しく作られた3・4番ホームである。ホームへおりるエスカレーターに乗りながら、平山は、ホームの番号を頭に叩き込んだ。あわてて、間違えたら、計画が、めちゃめちゃになって、香港行の便に、乗れなくなってしまうからである。

列車は、三両編成。赤黒白と三色に塗《ぬ》りわけられた車両だった。ホームには、同じ赤、黒、白のカラーのユニホームを着たコンパニオンがいて、彼女が、改札して、車内に入る。成田まで、車内改札がないのは、有り難かった。

普通車二両と、グリーン一両で、グリーンには、四人用のコンパートメントもあった。

平山は、グリーン車に乗ってみた。その方が知った人間に顔を合わせる可能性が、小さくなると、思ったからである。

この日は、成田まで、知った人間には、会わなかった。明日も、同じであって欲しい。

列車は、東京駅の地下で、横浜から来た列車と、ドッキングして、成田に向かう。成田空港駅には、定刻の一六時五五分に着いた。プラットホームは、地下二階で、改札口は、地下一階になっている。

この外が、セキュリティエリアである。更に進むと、中央ビルの地下で、北ウイングの表示と、一階の到着ロビー、四階の出発ロビーへの矢印が、眼につく。

平山は、腕時計を見ながら、実際に、出発ロビーまで上がってみた。明日は、この他に、パスポートや、手荷物のチェックなどに時間がかかるが、何とか、間に合って、香港行の飛行機に乗れることを、確認した。

（これで、大丈夫だ）

と、平山は、自分にいい聞かせたのだが、やはり、明日は、あけみを殺さなければならないと思うと、夜、ベッドに入っても、なかなか、眠れなかった。

金は、もう、香港の銀行に移してある。香港まで逃げられれば、何とかなるのだ。そういい聞かせても、寝つかれない。夜明け近くなって、やっと、うとうとしたが、逃げ切れずに、K組の新井に刺される夢を見て、飛び起きてしまった。

弱気になってくる自分を励まし、午後一時に、あけみに、電話をかけ、念を押した。

「これから、金を持って行くからね」

と、平山は、いった。

「全額、持って来てくれるんでしょうね？」

「ああ、大丈夫だよ。午後二時までに、必ず行く」

と、平山は、いって、電話を切った。

平山は、自宅マンションを出ると、まず、新宿駅に行き、南口のコインロッカーに、トランクを入れておいて、京王線で、初台に向かった。

三日前に買ったナイフを、内ポケットに忍ばせていた。殺し方については、いろいろと、考えた。あけみの部屋には、鉄製の灰皿があるから、これで殴りつけてもいいし、コードや、ロープで、首を絞めてもいい。だが、それが、上手《うま》くいかなかった時に使うつもりで、ナイフを、買ったのだ。

失敗は許されなかった。失敗したら、あけみが何をするか、わからないからである。警察に通報するのは、まだいい方で、例の新井に、平山を殺させるかも知れない。多分、失敗は、死に通じるのだ。

二時十五分前に、あけみのマンションに着いた。

ベルを鳴らすと、ネグリジェ姿のあけみが、顔を出した。

「入ってよ」

と、彼女が、いった。

平山は、内ポケットのナイフを確かめてから、中に入った。

あけみは、平山の身体《からだ》を、じろじろ見つめてから、

「手ぶらなの？　お金はどうしたの？」

と、眉を、吊りあげた。

「車に置いてあるよ」

「じゃあ、すぐ、持って来て」

「その前に、冷たいものを、一口飲ませてくれないか。今日は、暑くてね。そのあと

で、取ってくるよ」

と、平山は、いった。のどが渇いているのは、本当だった。が、気温のせいではなく、緊張のせいだった。

「ビールでいいの？」

「ああ、それで結構だ」

と、平山が、いうと、あけみは、背を向けて、キッチンに立って行った。

（今だ！）

と、平山は、自分にいい聞かせた。

テーブルにあった鉄製の灰皿を摑《つか》んで、あけみの背後に忍び寄り、振りかぶった。

とたんに、平山は、自分の後頭部に、強烈な衝撃を受けて、眼がくらんだ。誰かが、もう一人、この部屋にいたのだ。

（畜生！）

と、思いながら、平山は、気を失っていった。

3

意識が、戻った。

反射的に、腕時計を見る。ほとんど、時間は、たっていなかった。十二、三分である。

まだ、後頭部が、ずきずきする。起き上がったとき、彼の眼に、倒れているあけみの姿が、飛び込んできた。

最初は、ただ、倒れているだけだと思ったのだが、ネグリジェ姿の背中に、ナイフが突き刺さり、流れ出た血が、ピンクのネグリジェを、赤く染めているのに、気がついた。

見覚えのあるナイフだった。内ポケットに手をやると、ナイフが、無くなっている。

無くなっているのは、ナイフだけではなかった。香港までの航空券、財布、それに、香港に支店のあるM銀行の通帳まで、消えてしまっている。

（あいつだ）

と、思った。

新井に違いない。

あけみは、平山が、信用できずに、万一に備えて、新井を呼んでおいて、バスルームにでも、潜《ひそま》せておいたのだろう。

平山が、あけみを、殴り殺そうとしたので、新井が、飛び出して来て、平山を、殴った。

ところが、そのあと、新井は、変心した。あけみを殺し、平山の財布、航空券、預金通帳などを奪った。あけみの金だって、奪ったかも知れない。

そして、香港に逃げる気だ。

(畜生!)

と、思い、平山は、何とかしなければと、自分にいい聞かせた。

洗面所で、顔を洗った。殴られた後頭部を、冷やしながら、どうしたらいいか、考えた。

新井は、平山の用意した航空券で、一七時五五分のノースウエスト一七便に乗る筈《はず》だ。追いかけて、つかまえて、奪われたものを、全部、取り返さなければならない。

(香港へ行くのは、おれでなければならないんだ)

平山は、キッチンに行き、そこにあった出刃包丁《でばぼうちょう》を、抜き取り、タオルでくるんだ。

マンションを飛び出し、丁度、通りかかったタクシーに乗り込んで、新宿駅南口に急いだ。

新井だって、一七時五五分発のノースウエスト便に乗るには、成田エクスプレスに乗らなければ、間に合わないのだ。それは、平山自身が、計算したのだから、わかっている。

新宿駅南口に着くと、コインロッカーのことを思い出して、寄ってみた。が、その時になって、ロッカーのキーも、奪われていることに気がついた。

新井は、コインロッカーのキーも、奪ったのだ。きっと、何か、金になるものが、そこに入っていると思ったのだろう。そのトランクの中には、金は入ってないが、全く、金目のものが入っていないこともない。自宅マンションの中にあった、高価なものだけを、放り込んで来たのだ。平山は、カメラ道楽で、昔のライカや、ハッセルブラドなどを持っていたから、それを、トランクの中に入れて来ていた。

それも、新井に、奪われてしまった。腹立たしさが、平山の胸の中で、倍加した。

(取り返してやる)

と、誓った。香港へ行くのは、自分でなければならないのだ。

暴力団員だということは、怖《こわ》い。だが、今は、怒りが、怖さに勝っていた。それに、相手は、あけみを殺して、逃げようとしているのだ。向こうには弱味がある。それだけ、こちらが、優位に立っている筈だった。

成田エクスプレスの切符を買い、3・4番ホームに降りていった。

まだ、一五時四〇分発の電車は、ホームに入っていなかった。平山は、ホームで、待っている人々の中に、新井の姿を探したが、見つからない。キヨスクのかげにでも、隠れているのか。見つからないうちに、電車が、3番線に入って来た。

乗客が、どっと、乗り込む。大きな荷物を持った人が多いのは、やはり、成田空港へのアクセス列車である。

平山も、トランクケースを持って、乗る筈だったのに、今は、人を追って、乗り込んだ。

動き出すと、彼は、ゆっくりと、一両ずつ、通路を歩いて行った。

座席は、ほぼ、満席に近かった。帰国するらしい外国人客もいれば、向かい合せの座席を利用して、お喋《しゃべ》りをしている家族連れもいる。やたらに、車内の写真を撮っている若者は、多分、成田から飛行機に乗るのではなく、この列車を見物しに乗ったのだろう。

四人用のコンパートメントには、乗客の姿はなかった。

全部の座席を見たつもりだが、新井の姿はない。トイレに入っているのかとも考え、近くで、じっと待っていたが、出て来たのは、若い女性だった。

（いない）

と、思い、

（おかしいな）

と、首をかしげた。

平山は、成田空港までのルートを、いくつか考えて、比べてみたのだが、成田エクスプレスを利用するのが、一番、早いのである。

しかも、一七時五五分発の香港行のノースウエスト機に乗るのなら、成田エクスプレスを利用しなければ、間に合わない筈だった。一時間前に、チェック・インしておこうと思えばである。

だが、二度、車内を往復しても、新井の姿はなかった。

成田エクスプレスは、次の停車駅の東京まで、ノンストップで走る。使用するレールは、環状線である。

平山は、念のために、車掌に、東京駅の到着時刻を聞いてみた。一六時丁度に着くという。新宿から、二十分かかるのだ。

これなら、新宿で、中央快速に乗った方が、四谷、御茶ノ水、神田と停車しても、早く、東京駅に着くのではないか。平山も、何回か、中央快速に乗ったことがあるが、確か、十二、三分で、東京に着いた筈である。

(それなら、新井は、東京まで、中央快速に乗ったのかも知れない)

と、平山は、考えた。それなら、この成田エクスプレスに乗っていなくても、おかしくはないのだ。

車掌のいった通り、一六時丁度に、東京駅の地下ホームに着いた。昨日、乗ったときと、もちろん、同じである。

前方に、横浜発の成田エクスプレスが、先に来て停車していて、ここで、連結される。

ホームで、その様子を見守っている野次馬がいるが、平山は、東京駅から乗ってくる乗客を、見つめた。

十二、三人が、乗って来た。が、なぜか、新井の姿は、なかった。

(おかしい)

と、思っているうちに、六両編成になった成田エクスプレス31号は、東京駅を発車した。

これから先は、成田空港まで、ノンストップである。錦糸町《きんしちょう》近くで地上に出ると、一三〇キロのスピードで走る。

新宿から、東京までは、中央快速に乗ってもいいのだが、東京から先は、この成田エクスプレスより早く、成田空港に着ける交通機関はない筈である。

それなのに、新井は乗っていない。

平山の航空券を奪って、香港に行くつもりだったが、気が変わったのだろうか？

（待てよ）

と、平山は、思った。

あけみのマンションにいたのを、暴力団員の新井と、決めつけていたが、或いは、別人かも知れないと、思い始めたのである。

新井は、確かに、腕力もありそうだし、人殺しの前科もある。脅しに利用するには、恰好《かっこう》の男だろう。

しかし、恋人の感じではない。

マンションに潜《ひそ》んでいたのは、あけみの恋人だったのではないのか？

新井なら、前に、叔父として、平山に紹介しているのだから、別に、隠れている必要もなかったのではないか。堂々と、平山の前に出て来た方が、彼を、ビビらせる効果はある筈だからだ。

平山の知らない恋人だったら、話は別である。万一に備えて、バスルームに隠れていてくれと、あけみが頼んだことは、十分に考えられる。

その恋人が、欲に眼がくらんで、彼女を、裏切ったのではないのか？

それなら、いくら新井を探しても、見つからない筈なのだ。

あけみに、自分以外に、二、三人の男がいたことは、平山も、気付いていた。彼女の働いていたクラブのマネージャーとも、関係があったと、同僚のホステスから、聞いている。

あのマネージャーなら、よく顔を知っているが、この列車には、乗っていない。他の男たちの顔は、残念ながら、平山は、知らないのだ。

成田空港着が、一六時五五分だから、あと、五十分近くある。

平山は、自分の座席に腰を下し、必死に考えた。あけみ本人が、恋人のことを、何かいってなかったか、同僚のホステスが、それらしい男のことを、話してくれていなかったか、それを思い出そうと努めた。

あのクラブには、十五、六人のホステスがいた。その中に、一人、古参のホステスで、噂《うわさ》好きで、お喋りがいた。名前は、確か、ひろこだった。そのひろこが、あけみの休みの時、彼女について、あれこれ喋ってくれたことがあったのだが。

4

捜査一課の十津川たちは、その頃、あけみこと、井上冴子《いのうえさえこ》の死体の傍にいた。

隣室の女が、冴子の部屋のドアが、開けっ放しになっているので、おかしいと思い、のぞき込んで、死体を見つけたのである。

刺された背中から流れ出した血は、すでに、乾いてしまっている。

発見者の隣りの女性が、十津川に、彼女のことで、いろいろと、話してくれた。

「彼女はね、銀座のクラブ『フリージア』で働いてたの。あたしも、似たような仕事をしてるから、彼女と、よくお喋りをしたわ。嫌な客のこととか、お金儲《もう》けのおいしい話はないかとかね」

「犯人に、心当たりは？」

と、十津川が、きいた。

「多分、平山という男ね」

「どういう男ですか？」

「口の上手い男だわ。貿易会社の社長だってことだけど、本当かどうかわからないわ。多分、インチキね。彼女、そのインチキに欺されて、二億円近くも、むしり取られたのよ。投資したことになってるのに、ぜんぜん返してくれないって、いつも、怒ってたわ。どんなことをしても、取り返したいっていうから、あたしの知ってる怖いお兄さんに、頼んでみたらって、いったこともあるわ」

「怖いお兄さんというのは、暴力団員のことですか?」

「ええ。K組の新井って人。ちょっと知ってたんで、彼女に、紹介してやったのよ。彼女、新井を使って、平山を脅したみたいだわ。おかげで、二億円を返してくれそうだって、喜んでたんだけど、平山には、その気がなかったみたいね」

「平山の住所は、わかりますか?」

「中野のマンション。ヴィラ『中野東』の306号室だわ」

「よく知っていますね」

「彼女に、連れて行かれたことがあるの。その頃は、彼女、平山のことを信用していて、あたしにも、投資をすすめたの。あたしは、お金がなかったから、損しなくてすんだけど」

と、笑った。

十津川は、すぐ、若い西本刑事たちを呼んで、平山と、K組の新井に、会ってくるように命じた。

新宿のK組に行った日下刑事から、まず、連絡が入った。

「新井と、K組の事務所で会いました。平山には、会ったことがあるといっています。あけみが、彼に、自分のことを、叔父だと紹介したそうです。脅しに、新井を使ったんでしょう。その礼として、十万貰ったと、いっていますが、もっと、貰ったかも知れません」

と、日下は、いった。

続いて、中野に行った西本刑事から、電話があった。

「平山は、いません。管理人に開けて貰って、部屋に入りましたが、これは、高飛びしたあとですね。目ぼしいものは、何もありませんから、持って逃げたんだと思います」

「被害者から欺し取った二億円は、どうなったか知りたいね。近くに、銀行はないか？」

と、十津川は、きいた。

「M銀行の支店があります」

「そこへ廻ってくれ。午後三時を過ぎているが、まだ、支店長はいるだろう。平山が、預金してないかどうか、聞くんだ」

「わかりました」

と、西本はいって、電話を切った。

死体は、解剖のために、運ばれて行った。十津川は、鑑識課員に、

「指紋は、採れそうかね？」

と、きいた。

鑑識の一人が、

「指紋は、べたべたついていますよ。犯人は、よほど、あわてて逃げたんでしょうね。拭《ふ》き取った気配もありませんね。ドアのノブにもついているし、テーブルにもついています」

「ナイフの柄《え》には？」

「そこだけは、拭き取っていますよ」

と、鑑識課員は、いった。

部屋の中を調べていた亀井刑事が、被害者が、男と撮っている写真を見つけ出した。四十歳前後の実直なサラリーマンタイプの男と、腕を組んでいる写真だった。隣り

の女性に見せると、それが、平山だと、いう。

「まじめそうな顔をしていますね」

と、十津川がいうと、彼女は、苦笑して、

「一見、まじめな感じの顔に、みんな欺されるのよ」

と、いった。

Ｍ銀行中野支店に廻った西本刑事から、電話が、入った。

「今、銀行にいます。平山は、一億円あまりの預金をしていたそうです」

と、西本が、いった。

「その預金は、今、どうなってるんだ？」

「それが、面白いことに、最近になって、Ｍ銀行の香港支店の方に、どんどん、送金されているんです。平山が、香港に行ったとき、向こうで、口座を作ったんだと思いますね」

「香港か」

「全部で、日本円にして、一億二千万円ほどだそうで、中野の口座は、五百円しか、残っていません」

と、西本は、いった。

「五百円じゃあ、ラーメン一杯だな」

「そうです。香港で、生活する気なのかも知れません」

「平山の逃げた先は、香港かも知れんな」

と、十津川は、いった。

「今頃、成田に向かっているか、もう、着いているかも知れません」

と、亀井が、横からいった。

十津川は、西本との電話を切り、腕時計に眼をやった。

午後四時二十五分。

「カメさん」

と、亀井に、眼をやって、

「午後四時からあとの全ての香港行の飛行機の乗客名簿の中に、平山の名前があるかどうか、知りたいね」

「すぐ、成田に、電話してみます」

と、亀井が、いった。

5

平山は、思い出そうと、努めていた。

ひろこというホステスが、何を話してくれたかをである。

丁度、店に行ったら、あけみが、休んでいた時だった。

平山のテーブルに、ひろこと、もう一人、若いホステスが、来たのだ。

平山が、あけみを口説《くど》いて、「平山交易」に出資させ始めた頃だったと思う。ひろこには、平山が、あけみに、熱をあげていると、映っていたらしい。

「あけみちゃんには、好きな人がいるのよ」

と、ひろこは、忠告めいた口調で、いったのだ。

あの時、平山は、もっともらしく、

「じゃあ、僕のライバルってわけだね」

と、ひろこにいった。その後、ひろこが、あけみの恋人について、いろいろと、お喋りをしてくれたのだった。

平山は、必死になって、その時のひろこの話を思い出そうとした。

二、三人の男の話をしたのだが、ひろこが、特に、くわしく話してくれた男のことがあった。
名前は、忘れてしまったが、ひろこは、ニヤニヤ笑いながら、

「それが、本当に、いい男なの」

と、いっていた。

「男前だけなら、ドラマの主役をやれると思うんだけど、なぜか、人気がないのよね」

とも、ひろこは、いった。

俳優なのだ。その男に、あけみが、惚《ほ》れていると、いっていた。あの時は、平山は、あけみの金を巻きあげるのが目的だったから、別に、彼女に恋人がいても、どうということはなくて、聞き流してしまったのである。

ひろこと一緒に、平山のテーブルに来た若いホステスも、その男について、何かいった筈なのだ。

確か、アメリカの俳優の誰かに似ているといったのではなかったか。かなり有名な俳優で、彼が主演した映画のことが、話題になったのを、思い出した。

平山も、その映画を見ていたから、ひろこたちと、話が、はずんだのである。平山

は、年間、一本か、二本しか映画を見ていない。従って、その映画は、限られてくる。

(何という映画だったろうか?)

平山は、最近見たアメリカ映画の題名を、思い出そうとした。

今年は、まだ一本も見に行っていないし、去年も、二本しか見ていないから、題名は、簡単に、思い出せた。

多分、その二本のどちらかなのだ。

平山は、恋愛映画は、苦手で、勇ましいか、はらはらする映画しか見ない。去年見たのは、ダイ・ハード2と、インディ・ジョーンズの三作目である。

そのどちらかに出ている俳優と、似ているということなのだ。

ダイ・ハード2の主演は、ブルース・ウィリス。インディ・ジョーンズは、ハリソン・フォードだった筈である。

そのどちらだったろうか。平山は、また、記憶の糸を、必死に、つむぐことにした。

確か、若いホステスが、自分も、その俳優が好きだといったのだ。そのくせ、映画は、ほとんど見ないとも、いっていた。

と、すると、彼女は、テレビで、その俳優を見たのだ。どちらの俳優が、テレビに出ていたろうか?

インディ・ジョーンズの第一作が、テレビで放映されたことがある。確か、午後九時からの放映だった。ダイ・ハード2は、まだだが、1の方が、最近、放映されている。それに、「こちら、ブルームーン探偵社」という、ブルース・ウィリスのドラマが、連続して、放映されている。

これでは、どちらともいえないのだ。

(それに、夜の仕事のホステスが、夜に放映されたドラマを見るだろうか？)

もちろん、ビデオで録画しておけば、見られるが、あのホステスは、そんな面倒なことをしそうな女ではなかった。

とすると、あと考えられるのは、CMだった。アメリカの有名な俳優が、日本のCMによく出ているから、ホステスは、それを見たのではないか。

そう考えると、ブルース・ウィリスの可能性が強くなってくる。最近、ダイ・ハードのパロディで、CMに、ひんぱんに出ているからだ。

(ブルース・ウィリスに似た男か)

日本人と、アメリカ人では、骨格が違うから、ブルース・ウィリスにそっくりの日本人がいる筈がない。恐らく、感じが似ているのだろう。

平山は、その気になって、もう一度、車内を、歩いた。

成田エクスプレスは、時速一三〇キロで、走り続けている。快適なスピードながら、かなりゆれる。

平山は、身体の平衡を保ちながら、通路を歩いた。何となく、航空機の機内を思わせる車内である。

国際空港行ということで、外国人の姿も多い。ふと、ブルース・ウィリスに似た顔を見つけて、はっとしたが、それは、本物の外国人だった。

肝心の男は、なかなか、見つからない。考えてみれば、ブルース・ウィリスに似ているといったのは、ホステス二人で、彼女たちの勝手な考え方かも知れないのである。

平山は、別の方法をとることにした。

新宿駅南口のコインロッカーから奪われたサムソナイトのトランクのことだった。ブルーのトランクで、隅にフィリピン旅行の時につけた傷がある。

この列車には、荷物を入れる場所が多い。座席の頭上に、航空機と同じ開閉式の荷棚があるが、あのトランクは、入らないだろう。

と、すると、各車両のデッキ近くにある大型荷物の置場にある筈だと思い、平山は、見ていった。

さすがに、海外旅行をする乗客が多いので、どの車両の荷物置場も、トランクや、スーツケースで、一杯だった。

本来なら、平山が、ここにトランクを置いて、グリーンの座席に腰を下し、香港旅行の夢を見ている筈なのだ。

似たようなトランクもあって、よくわからない。平山は、しゃがみ込んで、念入りに、調べていった。通りがかった乗客が、変な顔をして、見ていく。

一両、二両と、調べていった。見つからないと、もう一度、逆の車両から、調べていった。

（見つけたぞ！）

と、思った。

やっと、見つけたのだ。間違いなく、自分のトランクだった。

グリーン車の荷物置場である。

平山は、サングラスを掛け直して、改めて、座席を見て歩いていった。

6

成田空港に問い合わせていた乗客名簿について、回答が、十津川に届いた。

平山の名前が、今日の一七時五五分発、香港行の乗客名簿に、のっているという回答である。

十津川は、反射的に、時計に眼をやった。

一六時三〇分を過ぎたところだった。

「国際線は、何時間前に、行けばよかったかな？」

と、十津川は、部下の刑事たちの顔を見廻した。

「確か、一時間前だったと思います」

と、亀井が、答える。

「すると、あと、二十五分か」

「空港派出所に電話して、平山が現われたら、逮捕しておくように、頼んでおきましょう」

「出来れば、われわれも、成田へ行きたいがね」

と、十津川は、いった。

「普通の方法では、とても、間に合いません。ヘリコプターを、頼みましょう」

と、亀井がいった。

警視庁航空隊のヘリに運んで貰うことにした。

それも、基地まで行っていたのでは間に合わない。そこで、近くの中野の小学校の校庭を、借りることにした。

十津川たちは、パトカーで、話のついた中野×小学校の校庭に、急行した。

7

ゆったりしたグリーン車の通路を、平山は、ゆっくり歩いて行った。

向こうは、平山の顔を知っている筈だった。背後から殴って、気絶させ、彼を、あけみ殺しの犯人に仕立てたのは、そいつに、違いなかったからである。

だが、平山の方は、ブルース・ウィリスに似た俳優としか、わからないのだ。

座席は、通路の両側に一列ずつというぜいたくさで、回転式なので、窓に向けて、座っている乗客もいる。

(おれを見て、逃げ出すのが、奴なのだ)

と、思い、平山は、わざと、サングラスを外して、歩いて行った。

だが、見つからない。

(あとは、個室だ)

と、思った。この列車には、四人用のグリーン個室がある。四人分だけ、料金さえ払えば、一人で占領することも、出来る筈だった。

平山は、閉っているドアをノックした。

「車掌です。開けてくれませんか」

と、大声で、いうと、ドアが、小さく開いた。

顔が合ったとたんに、平山は、

（こいつだ！）

と、直観した。雰囲気が、あのブルース・ウィリスなのだ。

あわてて、ドアを閉めようとする男を、蹴飛《けと》ばして、平山は、自分も、個室の中に、入って行った。

他に、乗客はいない。やはり、ひとりで、占領していたのだ。

「あけみを殺したな！」

と、平山は、叫んだ。

「そんなことは、知らん！」

と、男も、大声で、叫んだ。

「とぼけるんじゃない！　おれを、あけみ殺しの犯人にして、香港へ飛ぶ気なんだろう。遊んで帰って来る頃には、おれが、犯人として、捕ってるとでも思ったのか」

「何のことか、わからないね」

男は、青ざめた顔ながら、落ち着いた眼になって、平山を見返した。

(こんなことには、馴《な》れてる奴なのか)

と、平山は、思った。

ブルース・ウィリスに似て、がっしりした身体つきである。傷害事件くらい起こしている男かも知れない。

平山は内ポケットから、持って来た出刃包丁を取り出した。乱暴に、巻いていたタオルを振りほどく。

とたんに、男の顔が、緊張し、怯《おび》えの色が走った。

「まず、おれの航空券や、預金通帳を返して貰おうか」

と、平山は、包丁を、男に突きつけて、いった。平山の方も、緊張のあまり、声が、ふるえてしまった。

「わかったよ」

と、急に、男が、小さく、手を広げるようなポーズを作った。

平山も、一瞬、拍子抜けした感じで、

「それなら、全部、返すんだ。それから、君には、自首して貰う。おれは、やってもいない殺人で、警察に追いかけられるのは、嫌だからな」

「わかってるよ。全部、返すよ」

と、男は、いい、内ポケットに、手をやるようなゼスチュアを見せてから、いきなり、右足で、平山を、蹴りあげてきた。

油断していたところを蹴られて、平山は、反対側のソファに、引っくり返った。

手に持っていた包丁が、飛んで、床に落ちた。

「畜生！」

と、跳ね起きて、個室から逃げ出そうとする男の腰に、しがみつく。

間もなく、成田である。逃がしてたまるかという気持ちだった。

男は、振り向くと、凄《すご》い眼つきで、平山を睨《にら》んだ。いきなり、男の右の拳が、飛んできた。

ぐわんと、激しい衝撃が、平山を、また、はじき飛ばした。一瞬、目まいがした。

床に転がったが、伸ばした手の先に、包丁があった。それをつかむと、

「殺してやる！」

と、平山は、叫んだ。

本当に、殺す気になっていた。

男は、通路に飛び出すと、突然、「助けてくれ！」と、大声で、叫んだ。

「こいつは、人殺しだ！　東京で、人を殺して来たんだ！」

続いて飛び出した平山は、男のその叫びに、立ちすくんだ。

車内の乗客が、一斉に、自分を見ているのに、気付いたからだった。

殴られた時、唇を切って、血が流れている。

そんな男が、出刃包丁をつかんで、仁王立ちになっているのだから、誰が見ても、人殺しの感じだろう。

外国人の女性が、派手な悲鳴をあげた。

男は、じりじりと、後ずさりしながら、

「皆さん。用心して下さい！　あいつは、見境いなく、人を殺しますよ！」

と、叫び続けている。

乗客たちは、怯えて、立ち上がり、逃げ出して行く。

「違うんだ。そいつが、人殺しだ！」

と、平山は、怒鳴り返した。

が、誰も、信じる気配はない。

騒ぎで、車掌が、飛び込んで来たが、平山に向かって、両手で、押し戻すような仕草を見せて、

「お客さん。何があったのか知りませんが、落ち着いて下さい！」

と、声をふるわせて、いった。

「おれは、人殺しなんかじゃない！」

「わかっています。わかっています。だから、落ち着いて下さい」

と、何もわかっていない顔でいう。

その間にも、あの男は、逃げる乗客と一緒に、姿を消してしまった。

いつの間にか、グリーン車の中は、平山と、車掌の二人だけになっている。

（このまま、成田空港駅に着いてしまったら、あの男に、まんまと、逃げられてしまう）

と、平山は、思った。

あせった。間もなく、空港なのだ。

「列車を止めろ！」

と、平山は、包丁を突きつけながら、車掌に、いった。

「それは、出来ません。間もなく、空港駅に着きます。そうしたら、ゆっくり、話し

合いましょう」

と、車掌が、いう。彼も逃げたいのだろうが、責任があるので、逃げられないでいる感じだった。

「話し合いなんか必要ないんだ。今、逃げて行った奴が、人殺しなんだよ。捕えて、警察に突き出してくれ。おれは、何にもやってないんだ」

と、平山は、繰り返した。

「それを、私と一緒に行って、警察に話したらいいですよ」

車掌は、努めて、優しい声を出した。

平山は、話しても、駄目だと思った。車掌は、全く、彼の言葉を信じていないからだ。空港駅に着いたら、すぐ、警察に突き出す気なのだ。そうなれば、平山には、犯人ではないことを証明する手段がない。

平山は、車掌を説得するのを諦めて、非常用ボタンを探した。

このまま、この列車を、空港駅に着けてはいけない。その意識だけが、平山の頭を、支配していった。

もう、香港に行きたいとは、考えなくなっていた。

あいつを、行かせてはならない。もし、奴が、香港に逃げてしまったら、間違いなく、自分が、あけみ殺しの犯人にされてしまうだろう。

十分すぎるほどの動機があるし、現に、殺そうとして、あけみのマンションに、出かけているのだ。

それに反して、シロだと、証明するものは、何もないに等しい。あいつが、犯人だと主張したって、平山は、名前さえ知らないのだ。これでは、警察が、信用してくれる筈がない。

何としてでも、あいつを捕え、警察に引きずって行って、白状させるより、仕方がないのだ。

(見つけた！)

平山は、非常用ボタンを見つけ、それを思いっ切り、押した。

六両編成の成田エクスプレスは、悲鳴をあげながら、急停車した。

「やめて下さい！」

と、車掌が、金切り声を、あげた。平山が、列車をとめて、包丁を振り廻すと、思ったのだろうか？

他の乗客たちも、列車が急停車したことで、悲鳴をあげ、騒ぎ立てた。

平山は、出刃包丁を手に持って、必死で、あの男を、追った。

男は、グリーン車から、他の車両に逃げてしまっていた。平山は、グリーン車から、隣りの車両へ、突き進んだ。そこの乗客が、血を流し、包丁を持っている平山を見て、逃げまどった。

そのうちに、一人の乗客が、自動ドアを手で押し開けて、地面に、飛び降りた。続いて、もう一人が、降りると、あとは、どっと、車両から、逃げ出した。

「危険ですから、外へ出ないで下さい！」

車掌が、悲鳴に近い声をあげた。が、それがかえって、乗客の恐怖心に、拍車《はくしゃ》をかけた感じだった。

乗客が、次々と、飛び降りて行く。

この辺《あた》りは、もう、成田空港に近く、線路の両側には、畠や、雑木林が、広がっている。

線路に人が入り込むのを防ぐためか、コンクリートの壁が、続いている。

線路に飛び降りた乗客は、その壁を、よじ登ったり、線路を、空港の方向に向かって、走って行く。

（あいつは、何処へ行った？）

平山も、線路に飛び降り、血走った眼で、あの男を探した。

逃げ走る乗客たちで、あの男が、なかなか、見つからない。

（何処へ行きやがった？）

平山は、唸《うな》り声をあげながら、男を探し続けた。

その平山の頭上を、巨大なボーイング747が、低く、飛び去って行った。

8

生徒たちが帰宅してしまった小学校の校庭は、ひっそりとしている。

十津川と亀井は、校庭の隅にとめたパトカーの中で、ヘリが来るのを、待った。パトカーの中にいるのは、西本刑事たちからの報告を、聞くためだった。

被害者あけみこと、井上冴子について、その後、わかったこと、容疑者の平山について、調べたことなどを、次々に、知らせてくるのを、最後まで、聞きたかったのだ。

平山について、西本が、無線電話で、報告してきた。

「平山は、詐欺の常習犯みたいなものですよ。特に、女を欺して、貯めた金を巻きあげて、暮らしていたようです」

「なぜ、今まで、捕まらなかったんだ」

と、十津川が、きいた。

「それが、せいぜい、一人の女から、百万単位の金しか巻き上げないので、相手の女性も、告発しなかったからのようです」

「なるほどな」

「それが、あけみこと井上冴子からは、二億円もの大金を巻きあげたので、彼女も、必死になって、取り返そうとしたんだと思います」

「ヤクザの新井なんかも、そのために、使ったんだろうね」

「そう思います。それで、平山は、逃げ切れなくなって、彼女を殺したんだと思います。殺しておいて、香港へ逃げる気だったんじゃないでしょうか。平山は、よく、東南アジアへ旅行していたといいますから、香港から、東南アジアへ、逃げる手筈と、思います」

「目撃者は、まだ、見つからないか？」

と、十津川は、きいた。

「一人見つかりました。マンションの前にある喫茶店のオーナーですが、午後三時十二、三分頃、マンションから、一人の男が、血相を変えて、飛び出してくると、タクシーを拾って、新宿方面に、消えたと証言しています」

「その男が、平山に似ているということかね？」

「そうです。このオーナーが話す男の顔立ちや、背恰好は、明らかに、平山です」

「今、血相を変えて、飛び出して来たと、いったね？」

「喫茶店のオーナーは、そう証言していますが」

「わかった。指紋の方は、どうなった？」

「今、照合しているところのようで、鑑識からは、まだ、何もいって来ていません」

と、西本は、いった。

無線が切れてすぐ、頭上に、轟音《ごうおん》が聞こえて、ヘリコプターが、姿を現わした。

警視庁の文字の入ったヘリは、ゆっくりと、舞いおりて来た。

十津川と、亀井が、パトカーから降りて、ヘリのところへ走った。二人が、乗り込むと同時に、ヘリは再び、舞い上がった。

高度をあげると、今度は、東に向かって、スピードをあげた。

六人乗りのヘリのシートに、十津川と、亀井は、並んで腰を下した。が、何か、困惑した表情の十津川を見て、亀井が、

「どうされたんですか？」

と、声をかけた。

ヘリの機内は、音がやかましい。十津川は、最初、亀井の声が聞こえなくて、

「え？」と、聞き返したが、

「何か、困ったことでも、ありますか？」

と、亀井に、きかれて、

「一つ、引っかかることが、あってね」

「何ですか？」

「マンションの前の喫茶店のオーナーの証言さ」

「平山が、飛び出してくるのを見たという証言でしょう？」

「そうだ」

「どこが、おかしいですか？」

「血相を変えて、飛び出して来たと、証言したそうだ」

「それが、おかしいですか？」

「平山は、詐欺の常習犯だと、いっている。悪党だよ。それが、被害者を、殺したわけだが、香港に逃げるルートを確保しておいて、計画的に、殺したんだ」

「そうです」

「ナイフも、用意して行き、それで、刺殺したと思われる」

「それなら、落ち着き払って、怪しまれないように、現場のマンションを出て来るんじゃないかねえ？」

「そうです」

「詐欺の常習犯だったとしても、人を殺したのが初めてなら、落ち着きを失ってしまったとしても、おかしくは、ないと思いますが」

「落ち着きを失ったというのならいいんだ。青ざめた顔でもいいのさ。血相を変えて、飛び出して来たというので、引っかかってしまったんだ。言葉の綾《あや》かも知れないが、やはり、おかしいと、思うんだよ」

と、十津川は、いった。

「しかし、犯人は、平山以外は、考えられませんが」

と、亀井が、いう。

「私も平山が、犯人だと思うがね。彼が、計画通りに、彼女を殺したとしよう。初めての殺人だから、カメさんのいうように、カッとしてしまうだろうし、落ち着きを失ってしまうだろうと、私も、思うよ。しかし、それでも、マンションを、飛び出しはしないと、思うんだがね。そんなことをすれば、怪しまれるのが、わかっているからだ。足が宙に浮いていても、努めて、落ち着き払って、タクシーをとめると思うよ。

まだ、成田空港には、間に合うからだ」

と、十津川は、いった。

「そういえば、何となく、変だという気がしてきましたが――」

と、亀井も、いった。

「血相を変えて、飛び出すというのは、どういう場合だろうか？」

十津川は、自問の調子で、いった。

「そうですねえ」

と、亀井は、考え込んでいたが、

「裏切られた時ですかね。とにかく、予期しないこととぶつかった時ということが多いと思いますがね」

「同感だね」

「警部は、平山も、そういうケースだったと、思われるんですか？」

「いや、断定はしないよ。証言者が、果たして、事実をいっているかどうか、今の段階では、わからないからね。人間というのは、思い込んでしまうことがあるからだ」

「そうです。西本刑事は、喫茶店のオーナーに、向かいのマンションで、殺人があったことを話して、何か見ませんでしたかと、問うたと思うのです。先入主を与えられているわけですからね。飛び出してきたとか、血相を変えていたとか、自然と、そんな表現になったとしても、おかしくは、ありません」

と、亀井は、いった。

「確かにね」

と、十津川も、肯《うなず》いた。

先入主の他に、証言者が、質問者の刑事に、おもねってしまうということもあるのを、十津川は、知っていた。

刑事が期待しているだろう答えを、考えて、それに合わせてしまうのである。

だが、十津川は、そのあとで、「しかし」といった。

「喫茶店のオーナーが、ありのままを、証言している場合も、あり得るんだ」

「ええ。あり得ます」

と、亀井は、肯いたが、

「しかし、今のところ、平山以外に、犯人は、考えられませんが」

「だから、当惑しているんだよ」

と、十津川は、苦笑した。

彼は、機内の無線電話を借りて、西本刑事に、連絡を取った。

「被害者の周辺を、徹底的に、調べてみてくれないか」

と、十津川は、エンジン音に負けないように、大声を出した。

「調べますが、一番、動機のあるのは、平山ですよ」

と、西本が、いう。

「わかっている。彼女のマンションの部屋を、隅から隅まで、調べれば、平山以外の男の名前が、出てくるんじゃないかと、思っているんだよ。どんな男か、知りたいんだ」

「それは、今、日下刑事たちが、調べていますから、出てくれば、わかると思います」

「わかったら、すぐ、報告してくれ」

と、十津川は、いって、いったん、電話を切った。

その間も、十津川たちを乗せたヘリコプターは、成田空港に向けて、飛び続けている。時速は、約三〇〇キロ。成田エクスプレスの二倍以上のスピードである。

「下を見て下さい!」

と、突然、副操縦士が、振り向いて、十津川に、声をかけた。

「どうしたのかね?」

「成田エクスプレスが、立ち往生しています。どうしたのかな？」

と、副操縦士が、いう。

十津川と、亀井も、眼をこらした。

成程《なるほど》、眼下に、六両編成の列車が、駅でもない場所で、停車している。

十津川は、成田エクスプレスに、一度だけ、乗ったことがあったが、すぐには、同じ列車には、思えなかった。

十津川は、一週間ほど前、アメリカから帰国した友人を迎えに行ったとき、成田エクスプレスに乗ったのである。

その時、赤、黒、白の三色に塗りわけられた車体を見て、いかにも、国際空港へのアクセスらしい列車だと、思ったものである。

だが、今、空から見下すと、屋根しか見えないから、別の列車に見えたのだ。屋根は、赤一色だからだろう。

なぜか、列車の外に、散らばっていた乗客たちが、戻って来て、列車に、乗り込もうとしている。

「何があったんですかね？」

と、亀井が、見下しながら、きいた。

操縦士《パイロット》は、高度を下げ、ホバリングさせた。

ヘリを見上げている乗客もいる。

「故障して、動かなくなったんで、諦めて、列車を降りて、歩き出したら、また、動くことになって、あわてて、乗っているのかも知れないいな」

と、十津川は、いった。

「もし、あの列車に、平山が乗っているとしたら、われわれの方が、成田空港に、先廻り出来ますよ」

亀井が、嬉《うれ》しそうに、いった。

「早く行ってくれ」

と、十津川は、操縦士《パイロット》に、いった。

二人を乗せたヘリコプターは、再び、スピードを上げて、空港に向かった。

すでに、前方に、成田空港が、見えている。長く延びた滑走路が、西陽の中で、光って見え、離陸して行くジャンボ機も、見える。

ヘリコプターは、低く飛び続け、空港の隅に、着陸した。

午後五時十五分。問題の香港行のノースウエスト機の出発まで、あと、四十分である。

十津川と、亀井が、出発ロビーに入って行くと、成田エクスプレスが、遅れていることが、話題になっていた。

成田エクスプレスには、当然、この成田空港から、出発する乗客が、何人も、乗っているからだろう。

搭乗手続きは、一応、一時間前までにということになっているが、成田エクスプレスの到着がおくれているので、ぎりぎりまで受けつけるという掲示が出ていた。

「成田エクスプレスは、故障だったんですか？」

と、十津川は、JRの駅員に、きいてみた。

駅員は、苦笑しながら、

「それが、乗客の一人が、非常ボタンを押して、列車を停めてしまったんですよ」

「なぜ、そんなことをしたんですか？」

「間もなく、その列車が到着しますから、はっきりしたことが、わかると思いますが、車掌が、連絡したところでは、問題の乗客が、列車を停めた上、出刃包丁を振り廻したそうなんです」

と、JRの駅員が、いった。

十津川は、びっくりして、

「なぜ、そんなことを、したんですかね？」

「全くわかりませんが、車掌の話では、その男の人は、乗客の一人を、殺そうとしているみたいだったということです」

と、駅員は、いった。

それだけでは、よくわからないし、包丁を振り廻した人間の名前も、わからないのだ。

十津川は、ノースウエストの営業所へ行き、一七時五五分の便に乗る予定の平山が、搭乗手続きを取ったかどうかを、聞いてみた。

「まだ、手続きをとっておられませんが、ついさっき、電話がありました」

カウンターにいた若い女子社員が、ニコヤカに、話してくれた。

「電話で、何と、いったんですか？」

と、十津川は、きいた。

「成田エクスプレスの故障でおくれているが、必ず行くと、おっしゃいましたわ。それから、妙なことも、おっしゃっていました」

「どんなことを、いっていました？」

「航空券を盗まれた。盗《と》った男が、乗ろうとするかも知れないが、その男は、人殺しだから、乗せないでくれと」

「盗られたですか」

「はい。ファーストクラスの航空券です」

「平山は、電話で、自分の名前を、いったんですね？」

「はい。平山だと、おっしゃいました」

「彼が、現われたら、教えて下さい。われわれも、見張っていますが」

と、十津川が、いうと、カウンターの女性は、急に、こわばった表情になって、

「何か、事件に関係した方なんでしょうか？」

と、きく。

「いや、参考人です。あなたは、ただ、知らせてくれれば、結構ですよ」

十津川は、相手を、怖がらせないように、おだやかに、いった。

十津川が、亀井のところに戻ると、亀井が、

「間もなく、成田エクスプレスが、到着するそうです。地下二階のステーションには、空港派出所の警官が、飛んで行っていますよ。車内で、出刃包丁を振り廻した男がいるというので」

と、報告した。

「どうやら、その男が、平山らしいんだ」

「なぜ、彼は、そんなことをしたんでしょうか？」

「ノースウエストのカウンターに、電話して来て、航空券を盗られたと、いったらしい」

「妙な具合ですね。香港に逃げるんなら、騒ぎ立てて、注目されるのは、損でしょうにね」

と、亀井が、首をかしげた。

「その通りだよ。血相を変えてたという証言にしろ、出刃包丁を振り廻す行為にしろ、妙なことばかりなんだよ」

「警部は、どう思われるんですか？」

と、亀井が、きいた。

「カメさんは、気に食わないかも知れないが、見方を変えた方が、いいかも知れないと、思っているんだがね」

「平山が、犯人ではないということですか？」

「その可能性が、出て来たような気がしているんだよ。平山も、誰かに、はめられたんじゃないかと、思ってね」

「しかし、証拠は、ありませんよ」

と、亀井が、いった。

「もう一度、西本刑事に、連絡してくる。もし、平山が現われたら、知らせてくれ」

と、十津川は、いい、公衆電話ボックスのところへ走って行った。

西本刑事を、電話で、呼び出した。

「今、成田空港だが、被害者の男関係で、何か、わかったかね？」

と、きくと、西本が、待っていたように、

「彼女の部屋を探していた日下刑事が、手紙と写真を見つけました。ラブレターが、五通で、彼女の男であることは、間違いないと思います。面白いことに、その手紙の中に、平山の名前も出て来ます」

「平山のことを、どんな風に、書いてあるんだ？」

「読みます。『平山という男は、くわせ者とおもうが、君に惚れていれば、うまく利用したらいいよ』と、あります。彼女は、平山について、その男に、相談していたものと思います」

「名前は、何というんだ？」

「小島祐一郎《こじまゆういちろう》。三十代の男ですね」

「タレントみたいな名前だな?」

「俳優です。テレビドラマのロケ先からの手紙も一通ありまして、撮影の模様が、書いてあります」

「顔写真が、欲しいな」

「空港へ、電送しましょう。それから、清水《しみず》刑事が、この小島祐一郎のマンションに飛びましたが、留守だそうです」

「いま、何処にいるか、どんな男か、至急、知りたいね」

と、十津川は、いった。

「他の連中で、小島について、聞き込みをやっていますから、何かわかると思います」

「パスポートを持っているかどうかも、知りたいね」

「持っています。今、いったロケ先は、カナダですから」

と、西本が、いった。

「それなら、予約の航空券があれば、簡単に、香港に行けるわけだ」

「香港に行こうとしているんですか?」

「多分ね」

「ちょっと待って下さい。今、小島祐一郎について、聞き込みをやっていた北条《ほうじょう》刑事が、戻って来たので、電話に出します」

と、西本がいい、北条早苗《さなえ》の、やや甲高い声に、代わった。

「小島は、女にだらしのない男です」

と、早苗は、いきなり、いった。

十津川は、思わず、苦笑して、

「ずいぶん、直截《ちょくせつ》ないい方だね。何か、それらしい話があるのかね？」

「小島は、二枚目という定評があるのに、売れません。関係者の話では、売れない理由は、二つで、大根だということと、性格が悪いことだそうです。傲慢《ごうまん》で、冷酷だといっています。それで、あんな二枚目なのに、端役しか来ないのだといいます」

「女に、だらしがないというのは？」

「売れない俳優ですが、とにかく、美男子ですから、女にもてるそうで、小島は、関係した女から、金を貢がせているという話です。あれだけ、女を泣かせていると、そのうちに、ひどい目にあうだろうといっている人もいます」

「井上冴子との関係は？」

「これは、彼女の方が、熱をあげていたようです。小島が、属しているプロダクションの人たちの話では、彼女が、撮影現場にも、押しかけて来たことがあると、いっていました。小島の方は、あの女は、いろいろと物をくれるから、つき合ってやっているんだと、嘲笑《あざわら》っていたようで、そうした冷たさが、嫌われる理由だったんじゃないでしょうか？」

「平山とは、三角関係ということだったのかね？」

「それは、違うと思います。井上冴子は、小島には、男として、魅力を感じていたんだと思いますが、平山の方は、貯めたお金を、増やしてくれる機械みたいに考えていたようです」

「ところが、その機械が、とんだ喰わせ物だったわけだな」

「平山の方は、誠実さを装って近づき、冴子から、大金を巻きあげようとしていたわけです。小島が、同じプロダクションの人間に、『あのバカが、サギ師に、大金を巻きあげられやがった』と、舌打ちして見せたことがあるそうです」

「すると、小島は、平山に腹を立てていたわけだね？」

と、早苗は、いった。

「本当は、腹を立てる理由なんか、何もないんです。井上冴子が、大金を欺し取られたって、それは、彼女のお金であって、小島のお金じゃないんですから」

と、早苗は、腹立たしげに、いった。

十津川は、クスッと、笑ってから、

「そりゃあ、そうだな」

「小島が、腹を立てているのは、自分のものになるかも知れないお金が、平山のふところに入ってしまったからなんです」

「二人の悪党が、獲物の取り合いをしていたということか」

「そうです。可哀そうなのは、井上冴子ですわ。平山に欺し取られなければ、小島に、巻きあげられていたと思いますから」

と、早苗は、いった。

「小島が、今、何処にいるかわからないのかね？」

「わかりません。プロダクションの人の話では、珍しく、連ドラの話が来たので、今朝から、小島に連絡を取ろうとしているが、全然、取れなくて困っているそうです」

「凶暴な男かね？」

と、十津川は、きいた。

「小島は、空手を習っていたことがあって、よく、それを、ひけらかしていたそうです。小島に、空手で、胸を突かれ、肋骨《ろっこつ》を折って、入院したタレントもいると、聞きました」

と、早苗は、いう。

「わかった。続けて、調べておいてくれ」

と、十津川は、いった。

9

空港事務所の職員が、亀井と一緒に、小走りに、やって来た。

「小島祐一郎の顔写真が、送られて来ました」

と、亀井が、職員から受け取った写真を、十津川に見せた。

FAXで送られたので、白黒になっている。が、美男子ということは、すぐ、わかった。いかにも、いい男、女に好かれるだろうなという顔である。

そうした自信が、表情に見えた。

十津川は、持って来てくれた職員に、礼をいってから、

「犯人は、平山か、この小島か、どっちともいえなくなったよ」

と、亀井に、いった。

「小島が、平山の航空券を奪って逃げ、それを、出刃包丁を持った平山が、追いかけて来て、成田エクスプレスの中で、乱闘になったというわけですか？」

「そう考えると、辻褄《つじつま》が合ってくるんじゃないかね。平山が、井上冴子を殺して、成田エクスプレスで、逃げたとする。これでは、彼が血相を変えて、冴子のマンションから飛び出して来たという証言が、おかしくなってしまう。それに、成田エクスプレスの中で、出刃包丁を振り廻した理由も、わからない」

「小島が、犯人なら、上手く説明がつくでしょうか？」

　亀井は、まだ、半信半疑の顔だった。

「平山は、井上冴子を殺して、予約しておいたノースウエスト機で、香港に逃げる気だったんだと思うよ。そのつもりで、彼女のマンションに行ったのも、事実と思うね。彼が、そのマンションから、飛び出してくるのを、目撃されているからね。だが、計画が、狂ったんだ」

「それが、小島ですね？」

「恐らくね。小島は、日頃から、平山を憎んでいたということだ。自分の女である冴子の金を、平山が、巻きあげたからだよ」

「悪党が、悪党に、腹を立てていたわけですか？」

「ああ、そうだ。小島は、今日、平山が、冴子に会いに来ると知って、マンションに行き、日頃のうっぷんを、晴らそうとしたんだろうね」

「航空券を、奪ってですか？」

「そんなことで、すむものか。また、平山が、血相を変えたりしないだろう」

「冴子を、小島が、殺して、その罪を、平山になすりつけた――？」

「それだけでもあるまい。金だよ。平山は、冴子から巻きあげた金を、日本の銀行の香港支店に、送金していたらしい。小島は、その通帳なり、証書なりを、奪い取ったんだろう。その上、冴子を殺して、平山を犯人にして、逃げたんじゃないかな。だから、平山が、血相を変えて、追いかけたんだ」

「なるほど。しかし、なぜ、成田エクスプレスに、二人とも乗って、車内で、乱闘になってしまったんでしょう？　タクシーでもいいわけですし、上野から、京成でも、来られるでしょう？」

「それは、一七時五五分発の航空券のせいだよ。さっき、ノースウエストのカウンターで聞いてみたんだが、今、都内から成田空港まで一番早い交通機関は、成田エクスプレスだそうだ。だから、この便に乗るために、二人とも、成田エクスプレスに、乗ったんだよ」

と、十津川は、明確に、いった。

「その成田エクスプレスは、もう着いていますが、平山も、小島も、まだ、現われていませんね」

亀井は、出発ロビーの中を、見廻した。

「出刃包丁を振り廻して、車内で乱闘をやったとすると、そのまま、乗っているわけには、いかなかったんだろう。だが、ノースウエスト機に間に合うと思えば、ここへ来る筈だ」

と、十津川は、いった。

亀井は、もう一度ロビーを見廻していたが、

「ノースウエストのカウンター係が、こっちを見ていますよ」

と、十津川に、囁《ささや》いた。

十津川が、見ると、さっきの女子社員が、しきりに、眼で合図している。

十津川と、亀井は、カウンターに、駈け寄った。女子社員は、青ざめた顔で、

「今、刑事さんのいっていた男の方が、来ました」

と、いう。

「平山だね？」

「はい。予約されていた方です」

「それで？」

「航空券のナンバーをいわれて、この航空券を持った男は、まだ、来ないかと、聞かれました。なんでも、盗まれたとか、おっしゃって」

「それで？」

「そのナンバーの航空券をお持ちの方は、まだ、見えませんといいましたら、急に、姿を消してしまって――」

「われわれに気付いたのかも知れませんね」

と、亀井が、小声で、いった。

「探そう」

と、十津川は、短かく、いった。

二人は、平山を求めて、出発ロビーを、探して歩いた。

海外旅行ブームで、出発ロビーには、人があふれている。人々の流れが、邪魔になって、なかなか、平山が、見つからない。

「もう、外へ出てしまったんじゃありませんか？」

と、歩きながら、亀井が、いった。

「平山が、井上冴子殺しの犯人なら、カメさんのいうように、素早く逃げてるさ。しかし、犯人でなければ、逃げない筈だ」

「なぜですか？」

と、亀井が、きく。

「平山が、犯人でなければ、何とかして、自分の無実を証明しようと思うだろう。唯一の方法は、彼の航空券を盗った男、つまり、小島を捕えて、白状させることだ。だから、平山は、ここから、逃げられないんだよ。自分の航空券を持って現われる小島を、捕えなければならないからね」

と、十津川は、いった。

「その小島は、ここに、現われるんでしょうか？」

「どうかな」

と、十津川が、いったとき、亀井が、急に、眼を光らせて、

「いました！」

と、小さく、叫んだ。

二人は、走り出した。人波を、かきわけるようにして、十津川と、亀井は、ちらりと見えた平山に向かって、突進した。

平山が、逃げ出す。彼に体当たりされた女性が、悲鳴をあげて、横転した。

十津川は、彼女を飛び越えて、平山に、躍りかかった。

亀井が、それに続く。近くにいた人々が、あっけにとられて、見守っている。

十津川は、平山と一緒に、床に転がった。平山は、何か叫びながら、十津川に向かって、殴りかかってくる。

「君を、井上冴子殺人の容疑で、逮捕する！」

と、十津川は、わざと、大声で、いった。

周囲を取り巻いていた人々が、驚きや、好奇の眼になって、平山を見つめている。

「おれは、殺してない！」

と、平山が、叫ぶ。

「そんな嘘が通用すると、思ってるのか！」

十津川は、押さえつけるようにいい、平山の腕をねじあげて、手錠をかけた。

「おれじゃない！」

と、また、平山が、甲高い声で叫ぶのを、十津川は、いきなり、殴りつけた。

「人殺しが、見苦しいぞ！」

と、十津川は、怒鳴りつけた。

それでも、平山が、また、何かいおうとするのを、十津川は、また、殴りつけた。

十津川は、亀井と、平山の両腕をつかみ、引きずるようにして、空港派出所に、連行して行った。

空港派出所に着くと、十津川は、平山を、奥へ連れて行った。そこにいた警官たちに、十津川は、

「この男を頼むよ」

「何ですか？　こいつは？」

「殺人容疑者だよ」

「それでは、ここで訊問ですね？」

と、警官が、きくのへ、十津川は、

「その暇はないんだ。この男のいい分は、君たちが、聞いておいてくれ」

「私たちがですか？」

「そうだよ。いろいろというだろうが、全部、聞いておいてやって欲しい」

と、いい残して、十津川は、亀井と、派出所を出た。

亀井は、並んで、出発ロビーに戻りながら、ニヤニヤ笑った。

「やはり、あれは、芝居だったんですね」

「下手な芝居だと、自分でも、照れ臭かったよ」

と、十津川も、笑った。

十津川は、よほどの怒りがなければ、逮捕した相手を殴ったりしない。手錠をかけても、相手は、まだ、犯人と決まったわけではないのだし、第一、相手を殴れば、自分が傷つくだけだからだ。

だが、今日は、平山を殴りつけた。理不尽な殴り方をした。それは、全て、周囲のヤジ馬に、みせるためだった。

「あれで、効果がありましたかね？」

と、亀井が、きいた。

「ヤジ馬の中に、真犯人の小島がいてくれれば、効果があったと思うんだがね」

「もし、いなかったら、どうなりますか？」

「いなければ、ゼロだね。バカな独り芝居ということさ。しかし、私は、小島は、いたと思っている。平山が犯人として、逮捕されれば、彼は、安心できるからだよ」

「安心して、香港へ行けるというわけですね」

「そうさ。そんな甘美な誘惑に勝てると思うかね？」

と、十津川は、いった。

亀井が、歩きながら、腕時計に眼をやった。

「一七時四〇分。あと十五分で、問題のノースウエスト便が、出発します」

「急ごう」

と、十津川は、いった。

ノースウエスト便の搭乗が、すでに始まっていた。

十津川は、カウンターに行き、さっきの女性に、

「例の航空券の客は、来ましたか？」

と、きいた。

「はい、いらっしゃいました」

「この男ですか？」

十津川は、小島祐一郎の顔写真を、相手に見せた。

「この方ですわ」

「間違いありませんね？」

「ええ」

「もう乗ってしまったのかな？」

「丁度、ギャングウェイを、歩いていらっしゃるところだと思いますけど」

と、いう答えだった。

十津川と、亀井は、飛行機に連絡するギャングウェイに向かって、走った。

航空券を改めている係員に、警察手帳を見せて、ギャングウェイの中に、駈け込んだ。

手荷物を持って、乗客が、ゆっくり歩いて行く。それを、追い越しながら、小島の姿を探した。

日本人にしては、背の高い、スタイルのいい男の後ろ姿が、見えた。

「小島祐一郎！」

と、亀井が、大声で、呼びかけた。

男が、びくっとしたように、立ち止まって、振り向いた。

十津川と、亀井が、さっと近寄って、両側から、挟みつけた。

「殺人容疑で、君を逮捕する。それに、窃盗もある」

と、十津川が、いった。

小島の彫りの深い顔が、ゆがんだ。

「何かの間違いだよ。僕は、休暇で、香港へ行くんだ」

「井上冴子殺害容疑だよ」

と、亀井が、いった。

「その犯人なら、さっき、捕まった筈だ。そうだろう?」

小島がいうと、亀井が、思わず笑い出した。

「やっぱり、あれを見ていたんだな」

と、亀井がいうと、小島は、きょとんとした顔になって、

「そうだ。あんた方が、さっき、井上冴子殺しの犯人を、逮捕したんじゃないか。それなら、僕は、関係ないよ。間もなく、出発なんだ。放っておいてくれ」

「君は、乗れないんだよ。君が行くのは、香港じゃなくて、刑務所だ」

と、亀井が、いった。

10

平山は、釈放された。

だが、彼が乗ることになっていた香港行のボーイング747は、すでに、飛び立ってしまっていた。

小島に奪われた銀行の通帳などは、返して貰えなかった。事件の重要な参考資料と

して、預かっておくといわれたのである。

平山が、文句をいうと、亀井刑事が、怖い顔で、

「もともと、その金は、死んだ井上冴子から巻きあげたものだろうが。逮捕されなかっただけよかったと、思うんだな」

と、いった。

「逮捕って、何もやってませんよ。彼女を殺したのは、小島という男なんだ」

平山が、主張すると、今度は、十津川が、彼を睨んで、

「何もやっていないだって。君を逮捕しようと思えば、いくらでも、理由があげられるよ。君は、出刃包丁を、成田エクスプレスの車内で、振り廻している。これだけだって、十分に、逮捕の理由になるんだ。それに、井上冴子を欺して、二億円を詐取した。サギ罪に当たる。それに、小島の証言では、君は、彼女を殺そうとしている。どうだね？」

と、十津川は、いった。

これ以上、文句をいえば、本当に逮捕されそうなので、平山は、逃げ出した。

預金通帳も、航空券もない。財布の中には、二万円足らずの金が入っているだけだった。

香港に着けば、いくらでも、銀行でおろせると思って、当座の金は、用意しなかったのだ。

今度の事件で、裁判が始まれば、証人として出廷して貰うから、海外へは、出ないようにと、十津川に、釘を刺されていた。

（預金通帳が、戻ってくるまで、何とかして、稼がないとな）

と、平山は、考えた。

東京に戻るために、今度は、上りの成田エクスプレスに乗った。

なけなしの金をはたいて、グリーン車にした。

おかげで、外国帰りらしい女性が、見つかった。年齢は、三十歳前後、キャリア・ウーマンという感じだった。シャネルのバッグを持ち、シャネルの腕時計を、身につけている。スーツケースには、アメリカ東海岸のラベルが、貼りつけてある。

（土産品《スーベニール》を持っていないところをみると、家族はいないのだろう）

平山が、狙うには、丁度いい女に見える。

彼は、そっと近づいて、声をかけた。

「失礼ですが、ニューヨークで、お見かけしたような気がするんですが――」

海を渡る殺意——特急しおかぜ殺人事件——

1

十津川が、今中《いまなか》みゆきと最初に会ったのは、新幹線の食堂車だった。

博多発九時五四分の東京行「ひかり１５０号」である。

殺人事件の捜査で、福岡へ行った十津川は、仕事をすませ、七月五日に、この列車に乗った。

飛行機を使わなかったのは、ただ、ただ、飛行機が嫌いだったからである。止《や》むを得ない場合には、飛行機を使うが、それ以外は鉄道と、車を使っている。

この日も、それだった。

岡山の手前で、昼になったので、十津川は、食堂車に行った。

ビールを、まず口に運んだあと、和食弁当を注文して、食べ始めた時、彼女が、食堂車に入って来たのである。

十二時を少し過ぎていて、食堂車は、混んでいた。

十津川の前しか、空《あ》いてなかったので、彼女は、そこに、腰を下ろしたのだろう。

水を運んで来たウエイトレスに、早く出来るのはと聞いてから、カレーライスを注文した。

そのあと、十津川に向って、彼女は、照れたように笑い、

「おなかがすいていて、――」

「それは、若さの証拠ですよ」

と、十津川も、微笑した。

カレーライスは、すぐ、運ばれて来た。彼女は、スプーンで、一口、口に運んでから、

「私、東京まで行きます」

「私もですよ」

「私は岡山から乗ったんですけど、あなたは？」

「博多からです。飛行機が嫌いでしてね」

と、十津川は、いった。

彼女は、今中みゆきと、名乗った。東京のＯＬだという。

十津川が、警視庁に勤めているというと、みゆきは、びっくりした顔で、

「本当なんですか？」

「本当です」

「私、本物の刑事さんに会ったのは、初めてですわ。殺人事件なんか、調べるんでしょう？」

みゆきは、忙がしく、スプーンを動かしながら、きいた。

十津川は、若い女性の食欲に感心しながら、

「いろいろな殺人事件がありますよ」

「いろいろって？」

「誰かが死ぬ。殺される。そして、犯人がいる。極端にいえば全部、同じことですがね。しかし、ただ、憎しみからだけで殺す人間もいれば、愛情から殺す人間もいます。時には、殺す犯人の方が、殺される人間より、立派で、正しい場合もある。いろいろというのは、そういうことです」

「刑事さんでも、犯人に同情することがあるんですか？」

「そりゃあ、人間だからね」

「同情すると、どうなるんですか？　十津川さんは」

今中みゆきは、のぞき込むように、十津川を見た。

「そうですねえ。犯人を追いかけるのが、辛《つら》くなりますよ」

「そんな時が、何回もあったんですか？」

「何回かありましたよ」

と、十津川は、微笑した。

その間も、みゆきは、忙がしく、スプーンを動かし、食べ終ると、

「東京で、また、お会いしたいわ。その時、事件のことを、いろいろと、話して下さいます？」

「時間があれば、話しますよ」

「じゃあ、約束！」

と、みゆきは、いきなり手を伸ばして来て、十津川の指と、自分の指をからませた。

十津川が、あっけにとられている中《うち》に、彼女は、ひょっと、立ち上って、

「東京で、また会いたいな」

「会えますよ」

と、十津川が、いうと、みゆきは、ニッコリ笑って、軽やかに、レジの方へ歩いて行った。

2

翌七月六日に、十津川が、警視庁に出勤すると、愛媛県警からの協力要請が、待っていた。

昨日、七月五日の一五時一二分（午後三時十二分）に、松山駅に着いたL特急「しおかぜ3号」の3号車のトイレで、女性が、背中を刺されて死んでいるのが発見されたという事件だった。

殺されていたのは、ハンドバッグにあった運転免許証から、東京都世田谷区松原のマンションに住む竹内祐子《たけうちゆうこ》（三十歳）と、わかった。

彼女について、調査して欲しいという依頼だった。

十津川は、亀井と西本の二人の刑事に、聞き込みをやらせた。

その日の中に、竹内祐子の姿が、わかってきた。

「どうも、あまり感心しない女だったようですね。死者に鞭《むち》打つようですが」

と、聞き込みから戻ってきた亀井が、十津川に、いった。

「仕事は、何をしていたんだ？」

「イベント屋といったらいいですかね」

「どんなイベントをやっていたのかね？」

「若い男女を集めて、パーティを開いていたといわれています。一種の集団見合いですね」

「集団見合いねえ」

と、十津川は、苦笑した。

「それも、高い会費をとった会員制のパーティです。若い男女に、理想の条件の相手を紹介するという言葉で誘って、ずいぶん儲《もう》けていたようです」

「どのくらいの金をとっていたんだ？」

「男の会員からは、五十万、百万、といった金額を取り、女の会員からは、安くという具合だったようです」

と、亀井がいい、西本が、パンフレットを見せた。

〈ドリーミング・クラブの会員になりませんか〉

と書かれたパンフレットで、幸福そうに微笑している若い男女の写真がのっている。一千人の会員がいますとあるが、もちろん本当ではないだろう。

男性は、全員が、年収一千万円以上で、エリートばかり、女性の方は、スチュワーデスやコンパニオンが多勢《おおぜい》と、書いてあった。

会費を払って、会員になれば、月二度のパーティで、そうした素晴らしい男や女に、紹介するというわけである。

この会の理事長の名前が、竹内祐子だった。

「それで、この会は、正常に運営されていたのかね？」

と、十津川は、きいた。

「そうなら、問題はなかったんですが、高額の会費を取っておいて、相手を紹介してくれなかったとか、時にはサクラを入れて、欺《だま》していたとかいう不満が、会員の中から続出していたそうです」

「サクラ？」

と、亀井が、いった。

「そうです。外見のいい男女で、最初から、結婚する気もない人間を、パーティに出席させて、会員を欺してもいたようです」

「一種の結婚サギか？」

「そういうケースもあるみたいですね。それで、怒っている人間がいるわけです」

「殺したいと思っていた人間もいたということかね？」

「女性の方は、会費が安いですし、今は女性が有利ですから、殺したいほど憎んでいたというのはいないみたいです。問題は、男の会員です。高い会費をとられたのに、ほとんど、女性を紹介して貰《もら》えなかったといって、このドリーミング・クラブに、会費を返せと要求している男がいたわけです」

「その人数は、多いのかね？」

「いえ。たいていの会員は、照れ臭いのか、表立って、不満をぶつけている男は多くいません。今のところ、二、三人が、訴えてやると、いっていたようで、この男たちを、洗ってみようと思っています」

「頼むよ。それで、被害者は、何をしに、松山へ行ったのかね？」

と、十津川は、きいた。

「東京での仕事が、うまくいかなくなったので、今度は、四国、九州に、支部を作り、向うで、同じ商売をやる気だったようです。その手はじめに、松山でと、計画していたみたいですよ。松山市内のマンションを、借りていて、そこに、松山支部の看板をかける気だったようです」

と、亀井が、いった。

「東京が駄目になったから、今度は、四国を狙《ねら》っていたか」

「そうです。地方へ行けば、東京より、若い男女が知り合うチャンスが少いから、商売になると、思ったんじゃありませんか」

と、亀井は、いった。

「そんなに、若い人たちは、知り合うチャンスが少いのかね?」

「極端になっているんじゃありませんか。チャンスのある若者は、やたらに、チャンスがあって、そうでない男女、特に男には極端に少いんじゃないかと思います」

と、いったのは、若い西本だった。

「君は、どうなんだ?」

「私も出来れば可愛い女の子を紹介してくれるんなら、そんなグループがあるといいなと思っています。なかなか、普通の娘と知り合うチャンスがありませんからね」

西本は、正直ないい方をした。

「とにかく、この男たちを調べます」

と、亀井が、いった。

松山で、というより、L特急「しおかぜ3号」でといった方が正確だろう、殺された竹内祐子のことは、少しずつ、愛媛県警から、知らされて来た。

向うの捜査の指揮をとっているのは、藤井《ふじい》という警部である。

こちらで調べた通り、竹内祐子は、松山市内のマンションの一室を借り、ドリーミング・クラブの松山支部を作ろうとしていたという。

「解剖の結果、死亡推定時刻がわかりました。七月五日の午後二時から、三時十二分の間とわかりました」

と、藤井が、電話で、いった。

「死因は、背中をナイフで刺されたことですか？」

「最初は、そう思っていたんですが、くびを、紐《ひも》で絞められていました。死因は、窒息死です」

「殺したあと、犯人は、背中をナイフで刺したということですか？」

「そうですね。恐らくくびを絞めただけでは、不安だったんだと思います」

「ナイフの傷は、浅いんですか？」

「そんなに深くはありませんでした」

「ナイフと、紐は、見つかったんですか？」

「紐は見つかりました。しかし、ナイフの方は、まだ見つかっていません」

「二人の人間が、襲ったということは、考えられませんか？」

「何しろ、狭いトイレの中で殺されていますからね。二人の犯人を考えるのは、無理だと思います」

「グリーン車のトイレということでしたが、乗客は、多かったんですか？」

「その車両は、半分指定席、半分グリーンなんですが、松山に着いたときは、わずか三人の乗客しかいませんでした」

「その三人の中に、犯人がいると、考えておられるんですか？」

「いや、それはないと思っています。犯人は、少くとも、列車が終点の松山に着くまでに殺したわけです。死体がある車両に、ずっと、乗っていたとは思えませんから、他の車両に移ってしまっていたか、或《あ》るいは一つ手前の駅で、降りてしまったに違いないのです」

「一つ手前の駅で降りた可能性もあるわけですか？」

「特急ですので、一つ手前の駅は、伊予北条《いよほうじょう》で、一四時五八分発になっています。松山着の十四分前です。死亡推定時間が、一時間以上ありますから、この伊予北条に

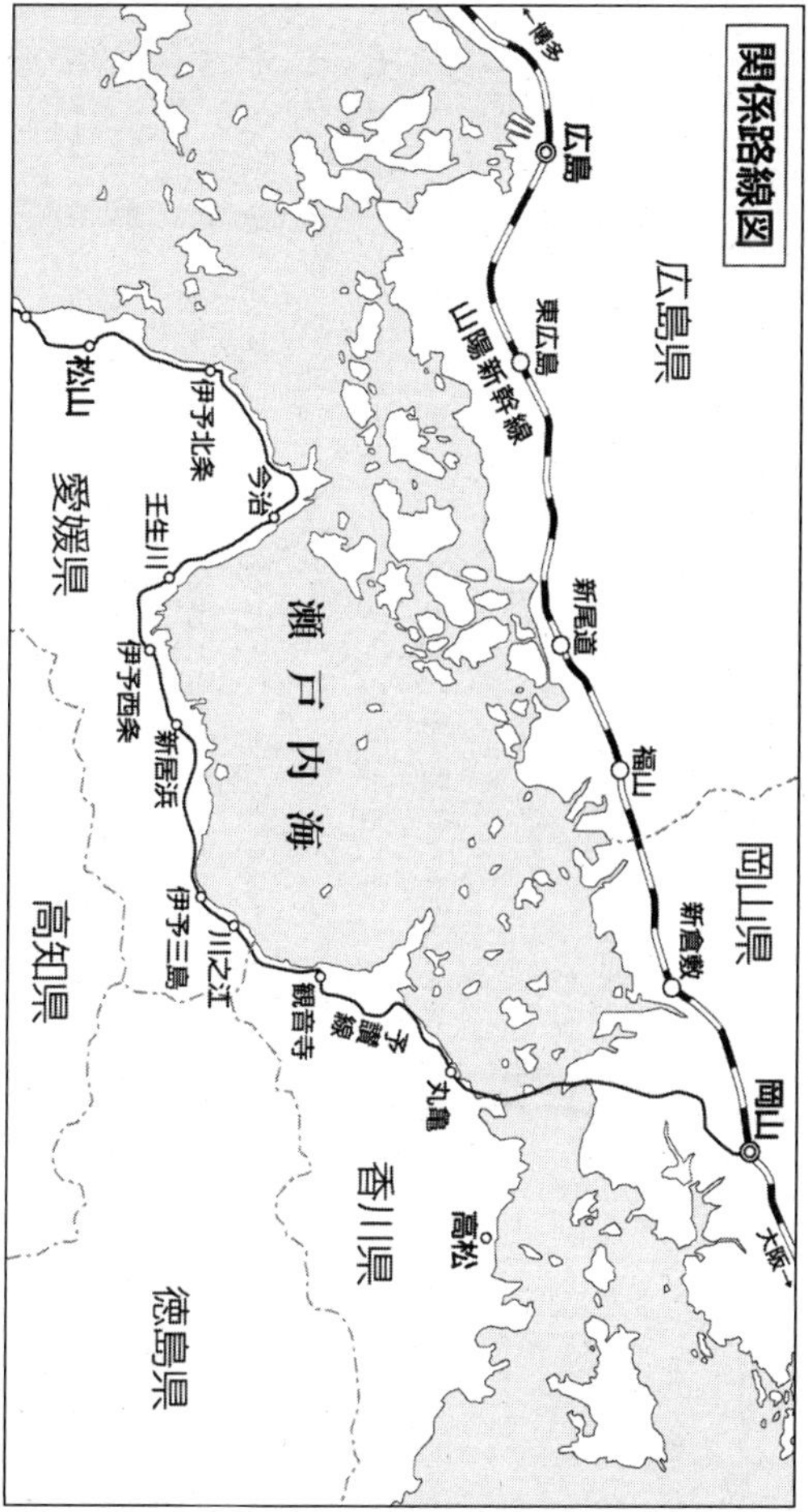
関係路線図
←博多
広島
東広島
山陽新幹線
新尾道
福山
新倉敷
岡山
大阪→
広島県
岡山県
瀬戸内海
松山
伊予北条
今治
壬生川
伊予西条
新居浜
伊予三島
川之江
観音寺
予讃線
丸亀
高松
愛媛県
高知県
香川県
徳島県

着くまでに殺された可能性もあるわけです」

と、藤井が、いう。

「松山駅に着いてから、死体が発見されたというと、伊予北条と松山の間で、誰も、トイレに行かなかったんですか？」

「いや、行った人もいたわけですが、トイレに、故障の札が下《さが》っていたので、開けてみなかったそうです。ただ、その札が、いつからあったかわからないのです」

「それは、手書きの札なんですか？」

「そうです。しかし、もちろん、犯人は、前もって、用意したものと思っています。それに、活字体にして書いてあるので、筆跡から犯人をということは、無理と思いますね」

と、藤井は、いった。

そのあと、十津川は、こちらでわかったことを、藤井に、話した。

「今、うちの刑事たちが、被害者を、もっとも恨《うら》んでいたと思われる男たちを、調べています。二、三人と人数が限られていますから、そんなに、時間はかからないと思っています」

「被害者は、そんなに恨まれていたわけですか」

「そうですね。その男たちの写真が手に入り次第、そちらに、電送します」

と、十津川は、いった。

彼等が、七月五日のL特急「しおかぜ3号」に乗っていたかどうかわかれば、事件は、解決に近づくだろう。

亀井たちが、戻って来たのは、午後になってからだった。

「三人の中《うち》、二人には、七月五日のアリバイがありました。加東俊一《かとうしゅんいち》という三十一歳の男は行方不明でした。どうも、この男が、怪しいと思われます」

と、亀井はいい、その男の顔写真を、二枚、十津川に見せた。

どこといって、特徴のない顔である。一枚は眼を伏せているので、暗い感じに見えた。

「世田谷《せたがや》区役所に勤める男で、ひとりで、1Kのマンションに住んでいます」

「七月五日の行動は、わかったのかね？」

「この日は、休みをとっていて、行動は不明ですが、明大前《めいだい》のマンションには、帰っていないのです」

「行先も不明か？」

「そうです。部屋に入ってみましたが、五日の新聞から、そのままになっていました」

と、西本が、いった。

「ドリーミング・クラブに入っていたことは、間違いないんだね？」

「五十万円を払って、会員になっていますし、しばしば、会の方に押しかけて、インチキだ、金を返せと、怒鳴っていたことが、確認されています」

「この写真には、身長一七五センチと書いてあるね。身長だって、まあまあだし、顔だって、悪いとは思わない。それに、地方公務員なら、生活も安定しているだろう。本当に、恋人がいなかったのかね？」

と十津川は、きいてみた。

「いなかったようですね。同僚や同じ区役所の女性たちに聞くと、暗い感じで、面白くなかったそうです。今は、明るくないと、相手にされませんから」

「しかし、会の方にしばしば文句をいいに行っているところを見ると、気が弱いというわけでもないんだろう？」

「そこが、問題なんです」

「どう問題なんだ？」

「いつもは、全く目立たない、それから、根暗《ねくら》な男なんですが、突然、怒って、相手に、つかみ掛ったりすることがあるというんです。そうなると、いくら、止《や》めろといっても、いうことを聞かないとか」

「なるほどね。被害者のことを、恨んでいたとすると、殺した可能性も、ありうるか？」

「そうです。被害者も、うす気味わるく思っていたという噂《うわさ》も聞きました」

「七月五日に、松山へ行ったという確認がとれればいいんだがね」

「彼の住んでいるマンションの管理人の話では、七月五日の朝、加東が、ショルダーバッグを下げて、出て行くのを見たということです」

「時刻は？」

「朝の七時頃だったと、いうことです」

と、西本が、いった。

十津川は、すぐ、時刻表を見た。

L特急「しおかぜ3号」が、岡山を発《た》つのは、一二時〇〇分である。

午前八時〇〇分東京発の「ひかり3号」に乗れば、一一時五〇分に、岡山に着くから、ゆっくり、「しおかぜ3号」に、乗り込むことが出来る。

明大前を、午前七時に出れば、大丈夫である。

「加東は、被害者が、『しおかぜ3号』に乗るのを、知っていたかな?」

「それはわかりませんが、七月五日に、松山に行くことは、知っていました」

「理由は?」

「これは、会の方に聞いたんですが、七月四日の夕方も、加東が押しかけて来て、理事長に会わせせろといったそうです。それで、明日から、松山に行くことになっていると答えたと、いっていました」

「つまり、七月五日に、松山に行くことは、知っていたんだな?」

「そうです。それに、被害者は、飛行機が嫌いでしたから、新幹線で岡山に行き、四国連絡橋を通って、松山へ行くということを、想像できたと思いますね」

と、亀井は、いった。

3

愛媛県警の藤井警部たちは、東京から送られて来た加東俊一の写真を、何枚かコピーし、それを持って、聞き込みを行った。

まず、七月五日の「しおかぜ3号」に乗務した山下《やました》車掌に会って、この男を、見なかったかどうか聞くことだった。

　また、松山駅の駅員、或いは、「しおかぜ3号」に乗っていた乗客にも、写真を見せた。

　乗客の何人かは、松山市内の人間だったからである。

　山下車掌が、加東のことを覚えていた。

「確か、グリーン車をのぞいていた男の人ですよ」

　と、山下は、いった。

「その時、グリーンには、被害者が乗っていたんですね？」

「そうです。殺された女性は、岡山から乗って来られましたから、よく覚えています」

「この写真の男は？」

「よく覚えていませんが、グリーンのお客でなかったことは、確かです」

「降りたのは、終点の松山でしたか？」

　と、藤井は、きいた。

「多分、そうだと思いますが、断定は、できません」

「彼が、グリーンをのぞき込んでいるのを見たのは、どの辺《あた》りですか？」

「確か、連絡橋を渡ったすぐあとだったと思います」

と、山下は、いった。

同じ列車に乗っていた松山の市民の一人も、加東と思われる男を、車内で見たと、証言した。

「私は、5号車に乗っていたんですが、デッキのところで、煙草を喫《す》っていた男によく似ています。落着きのない感じでした」

と、その証人は、いった。

(加東俊一が、本命だな)

と、藤井は思い、そのことを、東京の十津川にも、知らせた。

加東は、七月五日の「しおかぜ3号」に、乗っていた。これは、まず、間違いないだろう。

そして、3号車のトイレで、被害者を、殺した。

前もって、故障の札を作り、ナイフと紐を持って、乗り込んだとすると、計画的な殺人と見ていい。

問題は、どこで殺し、どこで降りて、今、どこにいるかである。

死亡推定時刻は、午後二時から三時十二分までと広い。それを、時刻表に当てはめてみた。

つまり、伊予西条《さいじょう》から、終点の松山までの間ということになる。

伊予西条を出てすぐ殺していれば、壬生川《にゅうがわ》、今治《いまばり》、伊予北条でも、降りられた筈《はず》なのだ。

藤井は、二つの面から、この範囲を、更《さら》に狭《せば》めていくことにした。

一つは、いつからグリーン車のトイレに、故障の札が掛っていたかということと、もう一つは三つの駅での聞き込みである。

その結果、故障の札は今治を過ぎてからと、わかった。

と、すれば、犯行は、今治—松山間で行われ、犯人は、伊予北条か、松山で降りたことになる。

しおかぜ3号

	↓
伊予西条	14：01
	↓
壬生川	14：11
	↓
今治	14：25
	14：26
	↓
伊予北条	14：58
	↓
松山	15：12

犯行時刻も、一四時二六分から、一五時一二分の間と、限定できるのだ。

加東が犯人なら、「しおかぜ3号」を、伊予北条か、松山で降り、そのまま、姿を消したことになる。

藤井は、念のために、伊予北条と、松山の周辺にあるホテル、旅館を、洗ってみることにした。

加東俊一が、七月五日に、泊らなかったかどうかを、調べるためだった。

だが、どこのホテル、旅館にも、加東が泊った形跡は、なかった。

しかし、藤井は、別に失望しなかった。加東が犯人とすれば、駅を降りて、すぐ近くのホテル、旅館に泊る方が、不自然だからである。犯人なら、なるべく遠くに、逃げる筈なのだ。

藤井は、四国の他県の警察にも協力して貰って、七月五日に、加東が、泊ったホテル、旅館を、見つけようとした。

香川、徳島、高知、この三県内のホテル、旅館も、全部調べたのだが、七月五日も、六日も、加東は泊っていなかった。

藤井は、この結果を十津川に、知らせた。

「七月五日に、加東は、伊予北条か、松山で降りたあと、四国内のどこにも、泊っていません」

「すると、彼は、すぐ、四国を離れたことになりますね？」

と、十津川が、きいた。

「そうです。多分、東京へ引き返したんじゃないかと思うので、列車と、飛行機を調べてみたいと考えています」

と、藤井は、いった。

列車で、引き返したとすれば、来たときとは、逆に、岡山へ出て、新幹線で、戻ったのだろう。

飛行機なら、松山空港から、東京行が出ている。

松山		東京
8：15	→	9：35
10：20	→	11：40
11：15	→	12：35
11：45	→	13：05
13：35	→	14：55
15：05	→	16：25
17：10	→	18：30
17：40	→	19：00
18：45	→	20：05

列車で、一番早いのは、一五時二九分松山発のL特急「いしづち12号」である。ただしこれは、高松止まりである。

一方、松山―東京間には、片道九便が、飛んでいる。

この中《うち》、一番早く東京に戻れるのは、一七時一〇分発の便である。

藤井は、この便の乗客についても、調べてみることにした。

部下の吉田《よしだ》刑事が、空港に出かけたが、向うから、弾《はず》んだ声で電話をかけてきた。

「見つけましたぁ！」

と、吉田は、大声でいった。

「見つけた？　乗客名簿に、のっていたのか？」

「そうです。七月五日の一七時一〇分の便に、間違いなく、加東俊一は乗っています」

「その名前が、あったんだな？」

「そうです」

「おかしいな」

と、藤井は、いった。

「なぜですか？　飛行機で東京に舞い戻ったんですよ」

「しかし、なぜ、本名で乗ったんだ？　国内線なら、偽名でも乗れるのに」

と、藤井は、首をかしげた。

4

十津川は、亀井を呼んで、

「加東俊一は、やはり、『しおかぜ3号』に乗っていたらしい。そして、同じ七月五日に飛行機で、松山から、東京に引き返していたことが、わかったよ」

と、いった。

「七月五日の何時に、羽田に着いているんですか？」

と、亀井が、緊張した顔で、きいた。

「一八時三〇分だ。奇妙なのは、加東俊一の本名で、その飛行機に乗っていることだがね」

「飛行機になれてなくて、本名じゃないと、乗れないと、思っていたんじゃありませんか」

と、亀井は、いった。

とにかく、七月五日の午後六時三十分に、加東は、羽田に引き返して来て、それから、何処《どこ》へ消えてしまったかを、知りたいのだ。

自宅のマンションには、帰っていない。これは、はっきりしている。

「どうも、わかりませんねえ」

と、亀井は、首をかしげた。

「何がだい？　カメさん」

「七月五日の夜、加東は東京に戻って来ました。この時点で、テレビのニュースでは、四国の殺人事件は、報道していましたが、容疑者のことは、全くわからなかったわけです。それなのに、彼は、なぜ、自宅に戻らず、姿を消してしまったんでしょうか？」

「一刻も早く、遠くへ、逃げようとしたのかな？」

「しかし、マンションから、何も、持って行っていませんよ。預金通帳も、置きっ放しです」

「しかし、キャッシュカードは、持って歩いていると思うがね」

「それで、七月五日以後、金をおろしているかどうか、調べてみます」

と、亀井は、いった。

十津川も、亀井と一緒に出かけ、加東の預金通帳のあったＨ銀行明大前支店の彼の口座を調べてみた。

普通預金は二百万余りあった。

七月六日の正午に、キャッシュカードで、十万円をおろしていることがわかった。おろしたのは、新宿のKホテル内の自動支払機だった。

二人は、すぐ、このKホテルに急行した。

ホテルのフロントで、十津川たちが、驚いたのは、加東と思われる男が、七月五日に、ここに泊っていたことだった。

宿泊カードに書かれた名前は、「白石俊一《しらいしゅんいち》」だったが、写真を見せると、フロント係が、間違いなく、この男だと、肯《うなず》いた。

「午後七時半頃に、電話を下さって、その時予約されました。三十分ほどして、おみえになったんです。チェック・アウトなさったのは、翌日の六日です」

「その時の様子は、どうでしたか？　チェック・インのときと、チェック・アウトの時と、両方、教えて下さい」

と、十津川は、いった。

「チェック・インされた時は、別に、これといった変った点はありませんでした。翌日チェック・アウトなさった時は、ニコニコしておいでてでした」

「ニコニコしていた？　間違いありませんか？」

「それに、このホテルで、女性にプレゼントするようなものを売ってないかと、お聞きになりました。それで、地下の有名店を、お教えしましたが」

と、フロント係はいう。

十津川と、亀井は、ホテルの地下にあるショッピング街に行ってみた。

シャネルとか、ルイ・ヴィトンといった有名店の名前が、並んでいる。

十津川は、加東俊一の写真を見せて、店々を聞いて廻った。その結果、シャネルの店で加東と思われる男が、イヤリングと、ブレスレットを買ったことがわかった。

二つで、八万六千円。加東らしい男は「プレゼントだから、リボンをかけてくれ」と、店員に、いったという。

十津川と亀井は、同じものを、見せられた。いかにも、若い女性が喜びそうなデザインのイヤリングと、ブレスレットである。

「その時の男の様子は、どうでした？」

と、十津川は、きいた。

黒い服を着た女子店員は、

「嬉《うれ》しそうな顔でしたわ。これを貰ったら、若い女の人は、喜びますかねと聞かれたんで、きっと喜びますよって、答えましたけど」

と、いった。

「その女性のことを、何かいっていませんでしたか？」

「私がリボンをかけていましたら、彼女は、美人なんだと、得意そうに、おっしゃっていました。それだけですわ」

と、いった。

十津川と亀井は、一階にあがり、そこの喫茶ルームで、コーヒーを飲んだ。

「わけがわかりませんね」

と、亀井が、溜息《ためいき》まじりに、いった。

「同感だ」

「殺人を犯して、東京に戻って来た男が、なぜ、若い女へのプレゼントを買ったりするんでしょうか？　それも、嬉しそうに」

「しかも、加東は、ガールフレンドが出来ないので、会員制の紹介クラブに入っていた男だ」

「殺人をやったとたんに、恋人が出来たというのは、どう考えても、納得がいきません。また、前から恋人がいたのなら、竹内祐子を殺す必要はなかったわけです。第一、ドリーミング・クラブに入会することもなかったわけです」

「すると、加東には、動機がなくなってしまうね」

「そうです。問題は、金ですね。加東は五十万円の入会金を払っています。恋人が出来たが、その金は、返して貰いたかったので、松山まで押しかけて行ったんじゃないですかね。五十万円を返してくれと迫ったが、断られたので殺した――」

「あり得るが、納得しにくいね。犯人は、前もって、ナイフと紐を用意して、『しおかぜ3号』に乗り込んでいるんだ。殺意を持って、四国に渡ったんだよ」

「そうでしたね」

「それに恋人がいれば、しゃかりきになって、五十万円を取り返そうとはしないだろう。二百万円の現金もあったんだし、プレゼントをする恋人もいて、満ち足りた気分だったに違いないからね」

「すると、加東は、なぜ、松山へ行ったんでしょうか？」

「わからんよ。彼を、犯人とは思えなくなったことだけは、間違いないんだ。考えてみれば、松山から東京へ帰る飛行機に、本名で乗っているのも、奇妙だったんだよ」

「じゃあ、誰が、竹内祐子を、殺したんですか？　まさか、殺意だけが『しおかぜ3号』に乗って、海を渡ったわけじゃないと思いますが」

と、亀井が、眉《まゆ》を寄せて、いった。

「もちろんさ。殺意は、人間と一緒に、海を渡ったんだ」

と、十津川は、いった。

5

愛媛県警から、急遽《きゅうきょ》、藤井警部が、上京して来た。

三十二歳と若い藤井は、十津川に会うなり、

「加東俊一は、犯人ではないんですか？」

と、性急にきいた。

十津川は、インスタントコーヒーを藤井にすすめてから、

「今のところ、犯人じゃない可能性が、大きくなったというところです」

「じゃあ、なぜ、『しおかぜ3号』で、松山へ行ったんでしょうか？」

「それは、もちろん、ドリーミング・クラブへの不満と怒りを、竹内祐子に、ぶつけたかったからでしょうね」

「ところが、誰かが、彼女を殺してしまったわけですか？」

と、藤井が、コーヒーには、手をつけずに十津川にきく。

「そうなりますね」

「しかし、加東以外に、竹内祐子を殺したいほど憎んでいた人間がいるんですか？」

「今までの捜査では、浮んで来ていませんが、いるからこそ、殺されたんでしょうね」

「加東が、芝居をしているとは、思いませんか？」

と、藤井が、きく。

「芝居？」

「そうですよ。犯人は、やはり加東。しかしこのままでは、自分が疑われる。そう思って一世一代の芝居を打った。つまり、本名で、飛行機に乗って、東京に引き返し、自宅には戻らず、わざと、都心のホテルに泊る。そして、いかにも、恋人がいるというように、シャネルの小物を買った。そうすれば、われわれ警察が、恋人がいるのなら、竹内祐子を殺す筈がないと考えると、思ってです」

「私も、その可能性は、考えてみましたよ」

と、十津川は、いった。

「加東に、そんな大掛《おおがか》りな芝居が出来るとは、思えないのです。確かに、この男は、気の弱い反面、妙に、図々しい面があることも、わかっていますが、殺人をやったあとで、今のような芝居ができるとは、思えないのです。それに、七月六日の午後、ホテルをチェック・アウトしてからの足取りが、全くわかりません」

「今日で、三日間、行方不明になっているわけですね？」

「そうです。丸三日、自宅にも帰っていないし、職場にも、顔を出していません」

と、亀井が、いった。

「十津川さんは、加東に、本当に、恋人がいたと、思いますか？」

「それが、一番、難しい問題なんですよ」

と、十津川は、いった。

十津川は、煙草に火をつけてから、

「わざわざ、十万円をおろし、八万六千円もするイヤリングとブレスレットを買っています。店員に、リボンをかけさせてもいる。いるとしか思えませんね。その一方で、恋人がいたのなら、なぜ、松山まで竹内祐子を追いかけて行ったのかという疑問がわいてきます」

「七月五日に、女性を紹介されたんじゃありませんか？」

と、藤井が、いう。

「事件の日にですか?」

「そうです。あの日、加東は、『しおかぜ3号』の車内で、竹内祐子に会って難詰《なんきつ》した。彼女は、仕方なく、とっておきの女性を、紹介したんじゃないでしょうか。必ず、あなたのことを愛してくれる筈だとか、うまいことをいってです。加東は、その気になり、あわてて東京に戻ると、その女へのプレゼントを買った。こうは考えられませんか?」

「すごい美人の相手を?」

「そうです。多分、松山に支部を開くに当って、宣伝に使おうと思っていた美人だったんじゃありませんか。会員になれば、こんな美人と、親しくなれるといった看板ですよ。写真も持っていたでしょうから、加東は、すっかり喜んで、東京に飛び帰ったというわけです」

「その場合は、加東は、犯人ではなく、犯人は他にいたことになりますね」

と、十津川は、いった。

6

翌日になって、事件は、新しい展開を見せた。

加東俊一の死体が、奥多摩《おくたま》の林の中で見つかったからである。

十津川は、亀井や、藤井と一緒に、現場に急行した。

同じ東京都といっても、この辺りは、人家もまばらで、山脈が続き、ひっそりと、静かである。

中央線の駅から、車で、一時間はかかる場所で、犯人も、加東も、現場まで車で来たものと、考えられた。

加東俊一は、俯《うつぶ》せに倒れていた。後頭部には、強打された痕《あと》があり、背中を、刺されていた。

「犯人は、いきなり、背後から、ハンマーかスパナで殴りつけ、気絶して倒れたあと、背中を刺したんでしょうね」

と、亀井が、いった。

加東の背広のポケットを探ると、リボンをつけたシャネルの小箱が二つ見つかった。

十津川が、あけてみると、一つは、イヤリング、もう一つは、ブレスレットだった。

加東が、都内のホテルで、プレゼントを買ったというのは、本当だったことになる。

まだ、梅雨のさなかで、朝から雨が降っていた。

藤井は、雨にぬれる顔を、両手で、なぜるようにしながら、

「犯人は、加東があのプレゼントを贈るつもりだった相手でしょうか?」

と、十津川を見た。

「わかりません。それだけの相手なら、なぜ、殺したのか説明がつきません」

「じゃあ、犯人は、竹内祐子を殺した人間ということになりますか?」

「その可能性の方が強いですね」

と、十津川は、いった。

「しかし、加東は、なぜ、殺人犯に、シャネルのイヤリングと、ブレスレットを、プレゼントする気になったんですかね?」

「それは謎ですが、もし、竹内祐子を殺した犯人が、若くて、感じのいい美人なら、話は別だったかもしれませんよ」

と、十津川は、半《なか》ば冗談、半ば本気でいった。

「しかし、男の会員の方が、竹内祐子を恨んでいたわけでしょう?」

と、藤井が、疑問をぶつけてきた。

「そうです。だから、もう一度、竹内祐子の周辺を調べてみたいと、思っています」

今まで調べた限りでは、竹内祐子を恨んでいたのは、圧倒的に、男の会員だった。

会員名簿を見ても、男のほうが、女の三倍近い。

そのため、男の会員からは、高い会費をとり、女の会員は、安くしていた。それどころか、女の会員には、頼み込んで、お見合いパーティに出て貰ったこともあるらしい。

だが、女にも、恨まれていた可能性が出て来たのだ。

十津川は、女性会員のことも、調べることにした。

一人一人、洗ってみたが、犯人と思われる人間は、見つからなかった。

女性会員の中には、驚いたことに結婚している者も、何人かいた。

いずれも、いい合せたように美人である。

竹内祐子が、サクラとして傭《やと》った女たちなのだ。

金を払い、独身の令嬢とか、OLとして、パーティに出席させた。高い会費を払った男の会員は彼女たちに、熱をあげる。何回か、デートしたあと、彼女たちの方から、交際を断る。

「それでも、やはり、竹内祐子を殺したかったのは、男の会員ということになりますよ」

と、亀井は、いった。

「そうだね」

「どうしても、竹内祐子を殺したのは、女だと、お考えですか？」

「正直にいうと、自信はないんだ。だが、加東俊一が、犯人でなく、彼が突然、シャネルのイヤリングやブレスレットを買ったとなると、どうしても、若い女性が、介在しているとしか思えないんだよ」

「しかし、その女が、竹内祐子を殺したとは、限らないわけでしょう？」

「ああ、そうだ」

「加東俊一以外の男の会員が犯人ということは、考えられませんか？　前の男の会員は、洗って、加東俊一が、残ったんですが、見落した男がいるかも知れませんよ」

と、亀井は、いった。

「女は、どうしても、出て来ないかねえ」

「女性会員は、全部洗いました」

「つまり、会員の中に、竹内祐子を殺した犯人はいないことになったわけか？」

「そうです。残念ですが」

「あとは、元会員か」

と、十津川が、いった。

「元会員ですか？」

「腹を立ててやめた人間が、犯人ということも考えられるからね」

と、十津川は、いった。

「それも、調べてみましょう」

と、亀井は、いった。

ドリーミング・クラブは、会員の出入りが激しかった。特に、男の会員がである。

高額な入会金を払って、裏切られ、文句をいい、脱会する。

一方、夢を見て、新しく何人かが、入会する。その繰り返しなのだ。

亀井たちは辛抱強く、その一人一人を、追跡していった。

だが、七月五日のアリバイのない人間は、いっこうに、見つからなかった。

七月五日は、ウイークデイで、しかも、午後二時から三時十二分の間のアリバイである。たいていの人間は、会社へ行っているのだ。若い会員が多かったから、なおさらである。アリバイがあるのが、当然だった。

7

捜査は、壁にぶつかってしまった。

どこかに、七月五日の午後、「しおかぜ3号」の車内で、竹内祐子を殺し、更に、奥多摩で、加東俊一を殺した人間がいるのだ。

その犯人像が、なかなか、浮んで来ない。

ドリーミング・クラブの会員ではなく、竹内祐子の男関係も調べてみた。

祐子と関係のあった男がいれば、当然、その男と恋愛関係にあった女は、祐子を恨むだろう。そう思い、女の容疑者が、浮んでくるのではないかと、期待した。

しかし、これも、期待外れだった。

祐子に男がいなかったわけではない。彼女と一緒にドリーミング・クラブを運営していた男がいた。

四十二歳で、当然、二人の間には、男の女の関係があったと思われる。しかし、祐子という女は、セックスより、金儲けに関心があったようで、いくら調べても、どろどろした男女関係は、浮んで来ないのだ。

この線を、徹底的に調べていくと、祐子が、非常に金に執着していたことが、わかってきた。

東京での会の運営が、うまくいかなくなってからも、松山へ飛び、四国に支部を置こうとしたのは、金儲けの味が、忘れられなかったからに違いない。

また、入会金や、会費は、絶対に返そうとしなかったのも、金への強い執着心の現われとみていいだろう。

十津川は、今度は、金の面から、もう一度、洗い直してみることにした。

その結果、一つ、新しい発見があった。

「五百万円も、竹内祐子に巻きあげられた男がいることがわかりました」

と、亀井が、報告したからである。

「なぜ、そんなに？　入会金というのは、最高のクラスでも、百万円じゃなかったのかね？」

「竹内祐子という女は、相手が、カモとわかると、とことん、欺して、しぼりとっていたようなんです。この男性は三十歳で、真面目《まじめ》なサラリーマンですが、気が弱くて、恋人が出来ない。それで、焦《あせ》って、ドリーミング・クラブに入会したんです」

「それで？」

「竹内祐子が、面接したんですが、その時ぽろりと、五百万円の預金があると、いってしまったんですね。いい女性を紹介してくれて、うまくいったら、それを使ってもいいという感じでです」

「それに、眼をつけたか？」

「そうなんです。竹内祐子は、五百万全部を巻きあげようと、考えたんです」

「どうやって、巻きあげたのかね？」

「彼女は、ミス××になったことのある女に、金をやって、二人で組んで、この男を欺す計画を立てたんです。元ミス××は、彼と見合いをして、つき合いを始め、結婚してもいいような素振《そぶ》りを見せます。男の方は、女性の経験が少いし、真面目なので、この元ミス××にのめり込んでいきます。針にかかった魚ですな」

「なるほどね。そうして、喜ばせておいて、五百万を巻きあげたか？」

「そうなんです。結婚を承知しておいて、やおら、実は、借金があるので、それを返さなければ、一緒になれないとか、父親が入院してしまって、金が要《い》るとか、五百万の預金は、あっという間に、吸い取られてしまったそうです」

「カメさんは、その話を、誰から聞いたんだね？」

「例のサクラになった女たちの一人からです。彼女によると、その元ミス××が、自慢げに話していたそうです。もちろん、計画したのは、竹内祐子でしょうが」

「それで、その男は、どうなったんだ？」

「自殺しました」

「ふーん」

十津川は、腕を組んで、考え込んだ。ひょっとすると、これが、今度の事件の動機になっているかも知れないと、思ったのだ。

「元ミス××は、どうしている？」

と、十津川は、きいた。

「それが、事故死しているんです。神奈川県の平塚のマンションに住んでいたんですが、五階のベランダから、墜落死しています。二週間前です」

「事故死は、間違いないのかね？」

「他殺の線も考えて、県警で調べたようですが、結局、事故死という結論になったということです」

と、亀井が、いう。

「何かあるね」

「私もあると思います」

「事故死に見せかけて、元ミス××を殺した人間が、今度は、竹内祐子を殺した可能性があるね。自殺した男の名前は?」

「今中敬《たかし》という名前です」

「今中――?」

「珍しい姓です」

「すぐ、この男の家族を、調べてみてくれ」

と、十津川は、いった。

亀井が、西本刑事を連れて、出かけたあと、十津川は、腕を組み、口の中で、「今中――?」と、何度も、呟《つぶや》いてみた。その姓に、記憶があったからである。

誰だったろう? どこで会った相手だったろう?

二時間ほどして、亀井たちが、戻って来た。

「今中敬の家族を調べて来ました。父親は、早く亡《な》くなっていまして、母親が、五十一歳で、元気で、函館《はこだて》で暮しています。妹が一人いて、名前は、今中みゆき。二十一歳で、M建設のOLです」

と、亀井が、いった。

十津川は、口の中で「ああ」と、小さく肯いて、

「今中みゆきだ」

「ご存知なんですか？」

「同一人かどうかわからないが、前に今中みゆきという女性と、会っているんだよ。九州からの帰りにね」

と、十津川は、いった。

「本当ですか？」

「彼女の写真があるかね？」

「兄弟で、写っているものがありました」

と、亀井がいい、西本が、その写真を、十津川に見せた。

サラリーマン風の兄と、まだ、学生の妹が、並んでいる。

兄の方は、いかにも、生真面目《きまじめ》風だし、妹の方は、明るく、Vサインをしていた。

「九歳の年齢差があります。兄は、妹を可愛がっていたし、妹は、父親がいないので、兄の中に、父親を感じていたのかも知れません」

「——」

「どうされたんですか？」

と、亀井が、きいた。

「間違いなく、この娘だよ」

「前に、会われたんですね？」

「さっきもいった通り、九州の帰りの新幹線の中でね。七月五日だったよ」

十津川は、あの日の彼女の顔を思い出しながら、いった。

あの、無邪気な笑顔は、どう考えても、殺人犯には、見えないのだが。

「七月五日といえば、竹内祐子が、殺された日ですね」

亀井は、眼を光らせた。

「そうさ。あの七月五日だよ。私が、食堂車にいたら、彼女が入って来て、混んでいたので、私の前に腰を下した」

「それ、何時頃ですか？」

「正午を少し過ぎていたと思うよ。間もなく十二時だと思って、食堂車へ行ったのを覚えているからね」

「新幹線のひかり何号ですか？」

「博多発九時五四分だったよ」

「それなら、『ひかり150号』です。岡山着が、一二時〇二分ですね」

と、亀井が、時刻表を見ながら、いった。

「そういえば、彼女は、岡山から乗って来たと、いっていたな」

「それで、彼女は、食堂車で、食事をしたんですか？」

「ああ、カレーライスを食べていたよ」

「今の若者の好物は、カレーライスや、ラーメンだそうです。味気ないですよ」

と、亀井は、いってから、

「それでは、彼女は、シロですね」

「そうかね」

「問題のL特急『しおかぜ3号』が、岡山を出発するのは、一二時〇〇分です。松山まで、この列車に追いつく別の列車はありませんから、今中みゆきは、竹内祐子を、殺せません」

「なるほどね」

「ほっとされましたか？」

「ああ、彼女は、明るくて、可愛らしい娘さんに見えたからね。犯人であって欲しくないと思っているのでね」

と、十津川は、いった。

「別の線を、もう一度、調べ直してみますか？」

「その前に、彼女と会ってくるよ。東京に戻ったら、もう一度会おうといっていたんだ」

十津川は、電話を取って、彼女が勤めている会社に連絡してみた。

彼女が、電話口に出た。電話の声は少し違っているような感じだったが、十津川が、名前をいうと、

「ああ、あの時の刑事さん？」

と、声を弾ませた。

十津川の頭の中で、七月五日の明るい娘の像と、今電話口に出ている女とが、重なってきた。

「一度、会いたいと思ってね。今日、これから、あなたの会社へ行っていいですか？」

と、十津川は、きいた。

「五時に終るから、そのあとなら、構いませんわ」

と、彼女は、いった。

十津川は、いそいで出かけ、今中みゆきと、彼女の会社の近くの喫茶店で会った。

彼女のために、紅茶とケーキを注文した。

「今、四国で起きた殺人事件を、抱えているんですよ」

と、十津川は、何気ない調子で、切り出した。

みゆきは、ケーキを食べていた手を止めて、

「警視庁って、東京の事件しかやらないいんじゃないんですか？」

「もちろんそうですがね。四国で殺された竹内祐子という女性が、東京の人間なので、向うの警察に、協力することになったんですよ」

「そうなんですか」

「竹内祐子という女性は、知っていますか？　ドリーミング・クラブという男女の交際機関のオーナーなんですよ。みゆきさんも、知っているでしょう？」

「私？　私は、自分で恋人を見つけたいと、思っていますから」

「あなたのお兄さんが、このクラブの会員になっていたんです。それは、知っていたんじゃないかな？」

と、十津川は、きいた。

「兄とは、年齢が離れ過ぎているんで、そういうプライベイトなことは、お互いに、話さなかったんです。だから、兄が、そういうクラブの会員になっていたのは、知りませんでしたわ。本当なんですか？」

「本当です。お兄さんは、自殺しましたね？」

「ええ」

と、肯き、さすがに、みゆきは、眼を伏せた。

「お兄さんは、この竹内祐子という女と、もう一人、元ミス××だった女に、欺されて、折角《せっかく》貯めた五百万円を巻きあげられたショックで、自殺してしまったんです。このことは、知っていましたか？」

「いいえ。今まで、兄が、なぜ自殺したのかわからなかったんです」

「加東俊一という男は、どうですか？　知っていますか？」

「あの――」

「なんです？」

「私、疑われているんですか？」

顔をあげ、まっすぐ、十津川を見つめて、みゆきが、きいた。

「別に、あなたを疑ってはいません。われわれが知りたいのは、事実だけですからね。あなたのお兄さんだけでなく、竹内祐子の周囲にいた何十人、何百人の人間を、調査しています」

と、十津川は、いった。

「でも、私を、疑っているみたいだわ」

と、みゆきは、いう。

「しかし、あなたは、七月五日に、私と一緒に、東京行の『ひかり150号』に、乗っていたんだから、四国で、竹内祐子を、殺すことは、出来ない筈です」

「確かに、私は、警部さんと一緒に、乗っていましたけど」

「竹内祐子が、殺されたのは、七月五日の午後二時から三時十二分までの間です。L特急『しおかぜ3号』の車内でね。この列車は、岡山を一二時〇〇分に出て、終点の松山に一五時一二分に着くんです。犯人は、これに乗っていなければ、殺せないんですよ。あなたは、岡山を一二時〇三分に出る『ひかり150号』に乗って、東京に帰ったんだから、絶対に、犯人じゃないんですよ」

と、十津川は、いった。

みゆきは、やっと、微笑して、

「よかったわ、警部さんが、私のアリバイを証言してくれるわけね」

「まあ、そんなところです」

「じゃあ、命の恩人なのね」

「命の恩人は、大げさですよ」

と、十津川は、笑った。

みゆきは、置いていたフォークを手に取って、ケーキを食べ始めた。

8

十津川の様子が、おかしくなったのは、そのあとだった。

もともと、寡黙《かもく》な方だったが、黙って、考え込むことが多くなった。

亀井が、心配して、

「どうされたんですか？　何か心配ごとですか？」

と、きいた。

「愛媛県警からは、何か、いって来てないかね？」

十津川は、逆にきいた。

「向うも、困っているらしく、松山に戻った藤井警部が、どんな情報でもいいから欲しいと、いってきています」

と、亀井が、いう。

「情報か」

「警部は、何か、つかまれたんですか？」

亀井にきかれて、十津川は、しばらく考えていたが、

「今中みゆきの写真を、向うへ送ってくれないか。彼女を、七月五日に『しおかぜ3号』の車内や、松山で、見かけた者がいないかどうか、調べて貰いたいんだ」

と、いった。

亀井は、「え?」という顔で、

「今中みゆきには、アリバイがあるんじゃありませんか? 警部と一緒に、七月五日に、新幹線に乗っていたというアリバイです」

「その通りだよ」

「それなのに、なぜ、彼女の写真を、愛媛へ送るんですか?」

と、亀井は、当然のことを、きいた。

十津川は、煙草に火をつけた。

「今中みゆきに会った。七月五日以来だった。彼女の会社の近くの喫茶店で、紅茶と、ケーキをご馳走した。一緒に食べながら、いろいろと、話をしたよ。七月五日の事件のこと、彼女の兄の自殺のこと、竹内祐子のこと、それに、元ミス××や、加東俊一のことをね」

「彼女は、兄の仇《かたき》を討ったと、いったんですか?」

「いや、事件のことは、知らないし、竹内祐子も、加東俊一も知らないといったよ」

「それなら、シロじゃありませんか？」

「そう思った。だが、今度会った時の彼女の様子が、おかしかったんだ。それが、気になってならなかった」

「どう変ってたんですか？」

「私の話を聞くとき、紅茶も飲まず、ケーキも食べずに、聞いていたんだよ」

「それが、おかしいですか？」

「七月五日に、新幹線の食堂車で会ったときは、おしゃべりをしながらカレーライスをぱくぱく食べていたんだよ。それが、なぜ、あんなしおらしくなってしまったのか、それが不思議でね」

「それは、今度は、殺人事件の話だったからじゃありませんか？」

と、亀井が、きいた。

「だが、彼女は、自分には全く関係のないことだといっているんだよ」

「なるほど。それで、ケーキや、紅茶に手がつかなかったのは、彼女が犯人のためだと、考えられたわけですか？」

と、亀井が、きいた。

十津川は、首を小さく横に振った。

「違うんだ。彼女は、他人《ひと》の話を聞くときは、ケーキを、ぱくぱく食べたりなんかしない女性だと思ったんだよ」

「育ちのいい娘さんということですか？」

「ああ、そうだ。ところが、七月五日のときは、私と話をしながら猛烈な勢いで、カレーライスを食べた。お腹《なか》がすいていたと、笑っていたがね」

「若い時は、お腹がすきますよ」

「私も、七月五日には、そう思ったよ」

「違うんですか？」

「違うと思った。あの時、彼女は、急いで、カレーライスを食べてしまわなければならなかったんだと、私は、考えたんだよ」

と、十津川は、いった。

「と、いいますと？」

「カレーライスを注文するときも、一番早く出来る料理ということで、彼女は、頼んでるんだ」

「まだ、よくわかりませんが——」

「例えば、新大阪で必ず、降りなければならないとする。あの列車の新大阪着は、一二時五八分だ。岡山から、新大阪まで、五十五分しかない。もし、新大阪で降りるのなら、早く、食事をすませなければならないんだ」

と、十津川は、いった。

「しかし、警部、それなら、食事なんかしなければいいと思いますが」

「だが、彼女は、誰かに、自分が、『ひかり150号』に乗っていたことを、強く、印象づけておきたかったんだよ。そのために、食堂車に行き、カレーライスを食べながら、私に話しかけ、自己紹介し、こちらの名前を聞いたんだよ」

「新大阪に降りてからどうしたんだと、思われますか？」

「彼女が、アリバイを作っておいて、竹内祐子を殺したんだとすれば、何とかして、先廻りし、『しおかぜ3号』に乗り込んだ筈だよ」

と、十津川は、いった。

「乗り込めたと、思いますか？」

と、亀井が、きく。

十津川は、メモしていたものを、亀井に見せた。

岡山（一二時〇三分）↓（ひかり150号）新大阪（一二時五八分）

新大阪↓空港

大阪空港（一三時二〇分）↓（ANA449便）松山空港（一四時〇五分）

松山空港↓松山駅

松山（一四時二九分）↓（しおかぜ8号）伊予北条（一四時四五分）

「竹内祐子の乗った『しおかぜ3号』が、伊予北条に着くのは、一四時五八分なんだ。ゆっくり、伊予北条から、乗り込めるんだよ」

と、十津川は、いった。

9

「じゃあ、今中みゆきのアリバイは、崩れたんじゃありませんか」

亀井が、嬉しそうに、いった。

「それには、彼女が、このスケジュール通りに動き、『しおかぜ3号』に乗ったことが、証明されなければならないんだ。だから、彼女の写真を、愛媛に送ることにしたんだよ」

「われわれも、行こうじゃありませんか」

「松山へかね？」

「まず、大阪空港です。警部の推理が当っていれば、彼女は、七月五日に『ひかり150号』を、新大阪で降り、ANAの松山行に乗ったことになります」

と、亀井は、いった。

「行ってみよう」

と、十津川も、肯いた。

二人は、すぐ、新幹線で、新大阪に向った。

新大阪に着いたのは、午後二時半近くだった。

新大阪から、タクシーで、空港へ急いだ。

もし、今中みゆきが、犯人なら、七月五日、新大阪でおりてから、タクシーで、空港へ向った筈である。

タクシーで、二十分で、空港に着いた。

二十分で着ければ、何とか、あの時刻表で、動けたことになる。

十津川たちは、全日空の営業所へ行き、七月五日の松山への便のことで、話を聞くことにした。

七月五日、大阪一三時二〇分発、松山行の便である。

まず、搭乗者名簿を見せて貰った。

この便は、ボーイング767機が使用されていた。定員は、二三四名。

七月五日の便には、一九八名が、乗っている。

この乗客の中に、今中みゆきの名前はなかった。

乗ったにしても、偽名を使ったに違いない。

二人は、この名簿をコピーして貰った。そのあと、営業所に、今中みゆきの写真の写しを渡し、問題の便のスチュワーデスに見せてくれるように、頼んだ。ひょっとして、何か覚えているかも知れないのだ。

十津川たちは、自分たちも、飛行機で、松山へ行ってみることにした。

本当は、同じ時刻の便に乗りたかったのだが、そのためには、明日まで、待たなければならない。

仕方なしに、一便おそい一五時五〇分の便に乗った。

これは、ボーイング767ではなくて、プロペラ機のYS11だった。

プロペラ機に乗るのは、久しぶりだった。飛行機嫌いの十津川だったが、プロペラ機の方が、少しは、ましな気がする。

ジェット機は、エンジンが止まったら、それで終りだが、プロペラ機は、翼が大きいから、滑空して、助かるような気がするのだ。

松山空港には、一七時に着いた。

一時間十分かかったことになる。ボーイング767なら、四十五分である。

空港から、JR松山駅までの時間も、測った。

タクシーで、十五、六分だった。これなら、何とか、十津川の考えた時刻表が、使えるのだ。

十津川と、亀井は、松山署に、廻った。

〈L特急しおかぜ3号殺人事件捜査本部〉

の看板が、かかっている。

藤井警部が、二人を迎えた。

「今、駅周辺で、今中みゆきの目撃者を、捜しているところです」

と、藤井は、十津川に、いった。

「加東俊一が、松山発東京行の飛行機に乗ったときのことですが」

十津川は、藤井に、いった。

「七月五日の便でしょう。名簿を、コピーして、貰って来て、持っていますよ。加東俊一は、本名で乗っていますから」

と、藤井は、いう。

「その便に、今中みゆきが乗っていたんじゃないかと、思うんですよ」

と、十津川は、いった。

「本当ですか？」

藤井の眼が、険《けわ》しくなった。

「可能性があるんです」

と、十津川は、いった。

藤井が、持っている乗客名簿と、七月五日の大阪→松山のものとが、十津川によって、並べられた。

「どちらにも、今中みゆきの名前は、ありませんね」

と、藤井が、いった。

「偽名で乗ったと思います」

と、いいながら、十津川は、なおも、二つの名簿を見ていたが、

「二つの名簿に、共通する名前がありますよ。佐藤ゆかりです」

と、いった。

「その名前が、どうかしたんですか？」

「もし、この名前が、偽名なら、恐らく、これが、今中みゆきです」

と、十津川は、断定するように、いった。

「なぜ、そう思うんですか？」

藤井が、首をかしげて、いった。

「今中みゆきは、大阪から、一三時二〇分の飛行機で、松山へ来て、『しおかぜ3号』に乗り込み、竹内祐子を殺しました。そのあと、今度は、松山から、飛行機で、東京へ帰ったと思われるんです。大阪から松山への飛行機に佐藤ゆかりの偽名で、乗った

としますが」

十津川は、ゆっくり、いった。

「それで、あとは、どうなります」

「彼女は、竹内祐子を殺したあと、松山空港から東京へ帰るとき、きっと、同じ偽名、佐藤ゆかりを、使ったと思いますね」

「なぜ、同じ偽名を、使ったと思われるんですか？」

「同じ日の同じ松山空港です。もし、大阪からの便に乗っていた乗客なり、乗員がいて、彼女が、違う名前を書いたら、変に思うかも知れない。そう考えて、今中みゆきは、同じ偽名を使ったと思ったんですよ」

と、十津川は、いった。

この推理が、当っているかどうかは、わからない。だが、彼女の心理を考えれば、十中八九、当っていると思うのだ。

彼女は、人を殺して、松山空港から、東京へ逃げた。周囲の人間の眼が、全部自分に向けられていると、感じていただろう。

同じ全日空便に乗れば、同じスチュワーデスが、乗っているように見える。偽名がバレるのは怖い。とすれば、同じ偽名を使ったと考えるのが、妥当ではないか。

「同じ東京行のこの便に、加東俊一が乗っていたのは、なぜだと思いますか？」

と、藤井が、乗客名簿を見ながら、十津川に、きいた。

「それは、こうだと思います。加東は、金を返して貰おうと思って、竹内祐子を、追いかけて来ました。『しおかぜ3号』の車内で、グリーン車をのぞいていたのは、加東だと思います。ところが、伊予北条から乗って来た今中みゆきが、竹内祐子を殺すのを、目撃したんです。普通なら、警察へ知らせるところですが、加東は、そうしませんでした。犯人の今中みゆきが、若くて、可愛くて、魅力のある女性だったからです」

「それに、殺されたのが、憎んでいた竹内祐子だったということが、あるかも知れませんね」

と、藤井が、いった。

「もちろん、あり得ます。そこで、加東は、どうしたか。彼は、小心なくせに、妙に、粘り強かったり、図太くなったりする男ですから、彼女の弱味をつかんだので、彼女を、自分のものにしようと考えたんです」

「なるほど」

「まず、彼女が、何者なのかを知るために、東京へ戻る彼女を、尾行したんです。加東は、竹内祐子を殺していないから、本名で、同じ飛行機に乗ってもよかったわけです」

と、十津川は、いった。

亀井が、その後を引き取って、

「東京に着いた加東は、今中みゆきの住所や名前を調べ、脅《おど》したんですね。彼にとっては、若くて、美人の女性を自分のものに出来るチャンスだったわけです。ホテルに泊ったり、シャネルの小物をプレゼントしようとしたのは、加東の見栄《みえ》だったでしょうし、少しでも、相手に、よく思われたかったからだと思いますね」

と、いった。

「それなのに、竹内祐子を殺すところを見られた今中みゆきは、加東を殺したということですか？」

と、藤井。

「考えてみれば、加東という男も、気の毒ですね」

と、亀井が、いった。

十津川は、東京に電話をかけ、捜査が進む間、今中みゆきを、監視しているように、西本に、指示した。

＊

十津川と、亀井は、夜の松山の町を歩きながら、今度の事件のことを、おさらいしてみた。

東京は、梅雨冷えだったが、南の松山は、夜に入っても、暖かい。

観光シーズンではないが、それでも、温泉客が、何人かかたまって、浴衣《ゆかた》姿で、歩いていた。

「元ミス××を殺したのも、今中みゆきでしょうね？」

と、歩きながら、亀井が、いった。

「そうだと思うよ」

「すると、今中みゆきは、三人の男女を、殺したことになります」

「ああ」

「彼女は、どんな娘ですか？　写真で見ると、可愛らしい、魅力的な女ですが」

と、亀井が、きいた。

十津川は、「その通りだよ」と、肯いた。

「若くて、明るくて、可愛らしい娘だよ」

「殺したあとに会われても、同じ感じでしたか？」

と、亀井が、更に、きいた。

「ああ、同じだったよ。不思議なことにね。だから、彼女を、こうやって、追いつめていくのが、辛くもあるんだ」

と、十津川は、正直に、いった。

時々、彼は、人を殺した人間が、みんな、鬼のような顔になってくれたら、どんなに、気が楽だろうと思う。

ところが、何人もの人間を殺したくせに、天女《てんにょ》のような顔をしている女がいたりするのだ。

「いつか、ゆっくり、温泉に入りたいねえ」

と、突然、十津川が、いった。

その夜、十津川と亀井は、松山署に、泊めて貰った。

翌日には、いろいろなことが、わかって来た。

最初にわかったのは、佐藤ゆかりのことだった。東京の西本たちに調べさせると、佐藤ゆかりとは、架空の人物だった。

(これで、今中みゆきの可能性が強くなった)

と、思った。

大阪→松山の便のスチュワーデスたちは、今中みゆきのことを、覚えていなかったが、松山→東京の便のスチュワーデスが、覚えていてくれた。

「本当は、この女性のことより、彼女を、やたらに見ている男の人の方が、気になっていたんです」

と、スチュワーデスの一人が、十津川にいった。

十津川が、加東俊一の写真を見せると、簡単に、「この人です」と、いった。

「あんまり、見ているんで、私立探偵か何かが、尾行しているんだと、思いましたわ」

「相手の女性は、この人に、間違いないですね?」

亀井が、今中みゆきの写真を見せた。

「ええ、この人です。あんなに見られている人って、どんな女性かなと思ったので、顔は、よく覚えていますわ」

と、スチュワーデスは、いった。

これで、七月五日、今中みゆきが、松山発一七時一〇分の東京行の全日空便に、乗ったことは、間違いなくなった。

そして、その便に、加東俊一が、乗ったこともである。

更に、七月五日の午後三時二十分頃、松山駅前から、松山空港まで、今中みゆきと思われる女を乗せたタクシーの運転手も、見つかった。

五十歳の個人タクシーの運転手だった。

「妙なお客さんでしたよ。駅前から、空港へ着くまで、やたらにお喋《しゃべ》りだったかと思うと、急に、黙り込んでしまったりでね」

と、運転手は、いった。

今中みゆきは、列車内で、竹内祐子を殺した直後だから、ナーバスになっていたのだろう。

二日後に、県警では、今中みゆきの逮捕令状を取った。

それを待って、藤井が上京するので、十津川と、亀井も、同じ飛行機に乗った。

「もう、飛行機に、なれたんじゃありませんか？」

と、亀井が、東京への機内で、十津川に、いった。

「何回乗っても、怖いよ」

と、十津川は、いった。

羽田には、日下刑事が、車で、迎えに来ていた。

「今中みゆきは、西本刑事と清水刑事が、見張っています」

と、日下は、十津川に、報告した。

三人を乗せたパトカーを日下が運転して、警視庁に向った。

「彼女の様子は、どんなですか？」

と、藤井が、きいた。

「毎日、きちんと、会社に通っています。落ち着いていて、三人もの人間を殺したとは、とても思えません」

日下が、運転しながら、答えた。

「すると、この時間だと、会社ですか？」

藤井が、きいたとき、車の無線電話が鳴った。

助手席にいた亀井が、取ると、

――今中みゆきが、急に動きだした。

と、西本の声が、怒鳴るように、いった。

「今、どこだ！」

と、亀井が、怒鳴り返した。

――カメさんですか？　今、彼女の乗ったタクシーを追跡中です。

「どの辺を走ってるんだ？」

――羽田へ行く首都高速の上です。

「何だって？」

亀井は、かみつくような声を出した。こちらのパトカーは、すでに、銀座近くまで、来てしまっている。

「羽田へ引き返すんだ！」

と、亀井が、横の日下に、大声で、いった。

銀座で、いったん、高速の外へ出てから、また、入り直した。

サイレンを鳴らして、スピードをあげる。

「どこへ逃げる気なんでしょう？」

藤井が、十津川を見た。

「成田ではありませんから、海外ではない筈ですが」

十津川にも、わからないのだ。

「函館じゃありませんか？」

と、亀井が、いった。

「函館？」

「父親は亡くなっていますが、母親が、函館にいると聞いています」

「そうだ。函館だ。母親に会いに行くつもりだよ」

と、十津川も、肯いた。

それに、自殺した兄の墓も、函館にあるのだろう。

十津川たちを乗せたパトカーは、サイレンを鳴らし続け、渋滞する車の列を、かき分けるようにして、走る。

「今、どの辺にいるんだ？」

と、亀井は、無線電話で、西本たちに、きいた。

——間もなく、羽田空港です。

「見失うなよ！」

と、亀井は、怒鳴った。

十津川たちのパトカーは、羽田空港に滑り込んだ。

西本たちのパトカーが、とまっているのが見えた。

十津川たちは、車から飛び降りると、出発ロビーに向って走った。近くにいた人々が、びっくりしたような顔で、眺めている。

建物の中に入ると、清水刑事が、十津川に、声をかけて来た。

「今中みゆきは？」

と、十津川は、ロビーを見廻しながら、きいた。

「西本刑事が、見張っていますが、函館行の切符を持っていて、一三時二〇分の便に乗るつもりのようです」

と、清水が、いった。

「やっぱり、函館か」

十津川が、ほっとした顔で、いった。今中みゆきが、その積りで、出発を待っているとすれば、あわてる必要はないからである。

一三時二〇分まで、あと、一時間近い時間があった。

西本刑事の姿が見え、彼の視線の先に、今中みゆきがいた。

みゆきは、十津川たちが来たことには、全く気付かぬ様子で、ロビーの椅子に腰を下し、腕時計を見たり、搭乗口の方に眼をやったりしている。

「このまま、函館に行かせてやりたい気もしますが」

と、亀井が、呟いた。

「とんでもない。すぐ、逮捕したいですよ。そのために、令状も持って来ているんです！」

と、藤井警部が、腹立たしげに、叫んだ。

十津川は、じっと、今中みゆきを見つめていたが、彼女が、ふと、立ち上がり、歩き出したのを見て、

「逮捕しよう」

と、声をかけた。

10

今中みゆきは、全く、抵抗しなかった。
十津川は、手錠をかけずに、ひとまず、彼女を、空港派出所に、連行した、
藤井が、竹内祐子殺しについての逮捕状を改めて、みゆきに示し、
「七月五日に、『しおかぜ3号』のグリーン車のトイレで、竹内祐子を殺したことを認めるね？」

と、きいた。

「ええ」

と、みゆきは、肯いた。

「紐とナイフ、それに、トイレにかける故障の札まで用意して、『しおかぜ3号』に乗り込み、殺害したんだね？」

「ええ」

「ナイフは、何処へ捨てたんだ？」

「松山駅前から、タクシーで、空港へ行く途中、窓から投げ捨てました」

と、みゆきは、いった。

「やはり、佐藤ゆかりの名前で、乗ったんだね」

と、十津川が、声をかけた。

みゆきは、十津川に、眼をやって、

「アリバイ作りに利用して、ごめんなさい」

「あの時は、私じゃなくても、良かったんだろう？」

十津川は、苦笑しながら、きいた。

「ええ。でも、刑事さんと知って、びっくりしちゃって――」

「あの時、なぜ、岡山から乗って来たのかね？」

と、十津川は、きいた。

「あの日、ずっと、竹内祐子を見張ってたんです。松山へ行くのは、知ってたけど、本当に行くかどうか心配で。そしたら、岡山駅の『しおかぜ』の到着するホームへ入ったのを見て、安心して、新幹線に乗ったんです。これで、自分の考えた列車トリックが、使えると思って」

と、みゆきは、いった。

「竹内祐子を殺したあと、加東俊一に、つけられているのに、気付いたのは、いつなんだ？」

と、藤井が、きいた。

「東京に戻るまで、ぜんぜん、知りませんでした。東京へ戻る飛行機の中で、私のことを、じろじろ見てる男がいるのは、気付いていましたけど、まさか、殺すところを見られているとは、知らなかったんです」

「東京に戻ってから、近づいて来たのかね？」

と、亀井が、きいた。

「突然、電話があって、Ｋホテルのロビーに呼びつけられたんです。そして、竹内祐子を殺すところを見た。だが、おれは、警察にいう気はない。だから、つき合えって、いわれたんです」

「その加東を、奥多摩で、殺したんだね？」

「ええ」

「なぜ？」

「どんどん、命令口調になって来たからです。恋人になってくれといいながら、お前の弱味をつかんでいるんだぞという顔をされると、無性に、腹が立って来て。あの男は、きっと、女性と、恋愛は出来ない人だったと思うわ」

　と、みゆきは、いった。

「しかし、彼は、君のために、シャネルのイヤリングと、ブレスレットをプレゼントしようとしたんだよ」

　と、十津川が、いうと、みゆきは、肩をすくめて、

「そんなものは、欲しくなかったわ」

　と、だけ、いった。

「じゃあ、君は、何が欲しかったんだ？」

　亀井が、横からきいた。が、今度は、みゆきは、返事をしなかった。

十津川は、ふと、彼女には、恋人はいなかったのではないかと、思った。

これだけ、可愛くて、明るく、魅力的な女性なら恋人がいるのが、当然だし、もし、本当に好きな男がいたら、兄の仇を討つ気には、ならなかったのではないか？

自殺した兄が、彼女にとって、恋人のようなものではなかったのか。

だが、十津川は、その質問はしなかった。今の彼女には、余りにも残酷な質問のような気がしたからである。

代りに、十津川は、彼女に向って、

「今頃の函館は、どんな感じなのかな？」

と、きいた。

解説

山前　譲

秋のある週末、房総半島を半周する旅に出たのは、御宿《おんじゅく》町で毎年行われている伊勢えび祭りにそそられて——それは否定しないけれど、西村京太郎作品に登場する房総半島の小さな鉄路を堪能しようと思ったからだ。

まずは内房線の五井《ごい》駅で乗り換えて小湊《こみなと》鐵道である。一九二五年にまず五井・里見間が開業し、一九二八年に上総《かずさ》中野駅まで全線開通した三九・一キロの路線だ。

このところ各地で人気のイベント列車がこの路線にもあって、懐石料理列車で昼食を味わったあと、めったにない機会だからと鉄道ダイヤからひねり出して里山トロッコ列車にも乗った。だが、まさに好事魔多しというところだろうか、上総中野駅でいすみ鉄道に乗り換えるはずが、土砂災害で一部区間が運休してしまい、途中からバスでの移動となってしまう。

そうしたハプニングも、旅の楽しみのひとつかもしれない。上総中野駅から外房線と接続する大原駅までの二六・八キロのいすみ鉄道は、沿線に咲き競う四季折々の花々が有名で、この鉄路でも楽しめる観光列車が走っている。房総半島を横断するこのふたつの私鉄は、十津川警部シリーズの『房総の列車が停まった日』で舞台となっていた。

御宿で伊勢えびを味わった翌日、向かったのは銚子《ちょうし》電鉄である。銚子駅から犬吠埼《いぬぼうざき》を経由して外川《とがわ》駅までの六・四キロの私鉄は、ご多分に漏れず赤字路線だが、それを逆手に取った戦略がよくマスコミで紹介されている。「ぬれ煎餅《せんべい》」や「まずい棒」などのグッズ販売がいまや売り上げの主役だ。

徳間文庫既刊の『銚子電鉄六・四キロの追跡』は、犬吠埼灯台の崖《がけ》下で私立探偵の変死体が発見されている。銚子電鉄を取材していた女性カメラマンのカメラが盗まれた事件が重要な意味を持っていた。

この長編のように、西村作品にカメラ絡みの作品が多いのは大きな特徴と言えるだろう。それはもちろん作者の趣味が反映されているのだが、四作の中短編をまとめた本書『十津川警部　裏切りは鉄路の果てに』にも、写真が捜査のキーワードとなっている作品がある。

まず「愛と死　草津温泉」（「オール讀物」一九九五・一　文春文庫『青に染まる死

体　勝浦温泉』収録）だ。若いサラリーマンが自宅マンションで転落死した。遺書があったので最初は自殺と思われたが、バスルームの浴室にお湯がはられ、そこに入浴剤が入っていたことから殺人事件と見なされる。部屋から草津温泉で撮った若い女性の写真が発見された。彼は休暇を取って何度か草津温泉に行っていたようだ。女性の写真はその時に？

日本三名泉のひとつに挙げられる群馬県の草津温泉の開湯についてはさまざまな伝説が伝えられているが、十五世紀末には全国的に知られていたらしい。温泉の自然湧《ゆう》出《しゅつ》量は日本一とのことで、湯温は高い。その温度を下げる「湯もみ」はお馴《な》染《じ》みだろう。かなり酸性が強い泉質で、万病に効くと多くの湯治客が訪れている。そして、温泉の不溶成分を抽出した「湯の花」が名物だ。

十津川警部シリーズの長編でその草津温泉をメインの舞台にしたものとしては、徳間文庫既刊の『草津逃避行』がある。十津川警部の偽者が出没していた。『十津川警部　殺しのトライアングル』は草津温泉、水上《みなかみ》温泉、伊香保《いかほ》温泉と群馬県の人気温泉で若い女性が行方不明になっている。短編の「死を運ぶ特急『谷川5号』」は上越線の特急を利用して完全犯罪を成し遂げた男が、犯行後、草津温泉で数日間のんびりとしていた。もちろん十津川警部によってその犯罪は暴かれていく。

「極楽行最終列車」（「オール讀物」一九八六・九　文春文庫『極楽行最終列車』収録）はプロのカメラマンが事件に巻き込まれている。ふと思い立って上野発の急行「妙高」に乗り込んだのだが、乗り合わせた怪しい雰囲気の団体が気になり、こっそりシャッターを切った。未明に到着した長野でもなぜかその団体と……。そして「妙高」で女性の死体が発見されるのだった。

ここに登場する「妙高」は一九五〇年から一九九三年まで、主に上野・直江《なおえ》津《つ》間を信越線経由で運行していた列車である。二〇〇二年から二〇一五年までは長野・直江津間の快速ないしは普通列車の名称としても使われていた。

タイトルにある「極楽」は長野市にある有名な善光寺に関係するのだが、一九九五年刊の『特急「しなの21号」殺人事件』はその善光寺の「凶」のおみくじが事件を結びつけていた。

プロのカメラマンが関係する十津川警部シリーズにはたとえば、『函館駅殺人事件』、『十津川警部「友への挽歌」』、『夜行列車《サンライズエクスプレス》の女』、『祭りの果て、郡上八幡』、『金沢歴史の殺人』、『風の殺意・おわら風の盆』、『十津川警部　鳴門の愛と死』、『伊良湖岬プラスワンの犯罪』、『浜名湖　愛と歴史』、『阪急電車殺人事件』といった長編がある。

また、『寝台特急「ゆうづる」の女』、『鳥取・出雲殺人ルート』、『沖縄から愛をこめて』、『十津川警部　雪とタンチョウと釧網本線』、『十津川警部　海の見える駅――愛ある伊予灘線』などでは、趣味のカメラが事件と深く関わっていた。

「死への近道列車《アクセス》」（「小説現代」一九九一・七　講談社文庫『十津川警部C11を追う』収録）は二億円という大金を借りた女性を殺し、海外へ逃亡しようとする男が主人公である。成田エクスプレスを利用して完璧《かんぺき》な犯罪計画を立てたつもりだったが、犯行当日、思いもよらない事態に直面して慌てふためくのだった。

羽田空港に代わる新しい国際空港として、千葉県成田市に新東京国際空港（のちに成田国際空港と改名）が開港したのは一九七八年である。ただ、メインのアクセス手段として考えられていた成田新幹線がまったく開通する予定が立たず、当初はじつに不便な空港だった。新幹線は結局完成しなかったのだが、ようやく一九九一年三月、成田空港駅が開業して、成田エクスプレスが走りはじめる。この短編はその新しい列車をいち早く登場させたものだ。ちょっとユーモラスなラストが十津川警部シリーズでは珍しい。

「海を渡る殺意　―特急しおかぜ殺人事件―」（「小説現代」一九九〇・一　講談社文庫『十津川警部の困惑』収録）では、出張から東京へ帰る途中の十津川警部が新幹線の食堂車で若い女性と相席になっている。慌ただしくカレーライスを食べて去っていった彼女が、ある殺人事件に関わり……。

一九七五年に博多まで新幹線が開業すると、東海道新幹線・山陽新幹線の「ひかり」に食堂車が組み込まれた。それ以前から軽食を供するビュッフェはあったが、本格的な食事が楽しめるようになったのだ。かなり混雑していて、そして経済的な理由もあって、もっぱらビュッフェを利用していた記憶がある。一九八五年には二階が食堂となっている車両も登場した。

だが、新幹線が高速化され、バラエティ豊かな駅弁が話題となり、駅内がグルメ化すると、新幹線の食堂車でのんびり食事をする人は減っていく。二〇〇三年三月のダイヤ改正で新幹線の食堂車は姿を消してしまった。そんなちょっと懐かしい鉄道風景もまた西村作品の大きな魅力だが、ここで十津川警部は東京と四国を結んでの大胆なアリバイトリックに挑んでいる。

車内で死体が発見され、そしてアリバイトリックに絡む「しおかぜ」は、岡山から四国の松山方面へと向かう予讃線の特急である。一九九五年刊の長編『特急しおかぜ殺人事件』でも事件が起こっていた。一九七二年から高松・宇和島間を走り、一九八八年四月に瀬戸大橋線が開通すると岡山発着となった。二〇一六年には松山駅まで電化され、今もＪＲ四国の主力列車として走り続けている。

鉄道に日本社会の変化が投影されているのは今さら言うまでもないだろう。本書に収録された西村京太郎氏の作品が、そのことを端的に証明している。

（初刊本の解説に加筆・訂正しました）

二〇二三年六月

この作品は2021年7月徳間書店より刊行されました。
なお、本作品はフィクションであり実在の個人・団体などとは一切関係がありません。

徳間文庫

十津川《とつがわ》警部《けいぶ》 裏切《うらぎ》りは鉄路《てつろ》の果《は》てに

2023年7月15日 初刷

著者 西《にし》村《むら》京《きょう》太《た》郎《ろう》
発行者 小宮英行
発行所 株式会社 徳間書店
東京都品川区上大崎三―一―一 〒141―8202
目黒セントラルスクエア
電話 編集〇三(五四〇三)四三四九
販売〇四九(二九三)五五二一
振替 〇〇一四〇―〇―四四三九二
印刷
製本 大日本印刷株式会社

ISBN978-4-19-894875-7 (乱丁、落丁本はおとりかえいたします)